W0206180

Kafka, l'éternel fiancé

DU MÊME AUTEUR

Un amour amer, Michel Lafon, 2002
Le charme discret de l'adultère, Albin Michel, 1999
Voir la Tunisie, Hachette, 1974

JACQUELINE
RAOUL-DUVAL

Kafka, l'éternel fiancé

ROMAN

J'AI LU

Édition revue et enrichie par l'auteur

À Amaury da Cunha,
avec une infinie gratitude

I

Felice

– Du 13 août 1912 au 27 décembre 1917 –

« Il ne m'est possible d'aimer que si je peux placer mon objet tellement plus au-dessus de moi, qu'il me devient inaccessible. »

« Elle m'est inaccessible, il faut que je m'y résigne, et mes forces sont dans un tel état qu'elles le font en poussant des cris de joie. »

Lettres à Max Brod

Dès le premier regard

Ce 13 août 1912, à l'heure tardive où commence cette histoire d'amours singulières, un vent du sud a balayé les nappes de brume et les bourrasques de pluie qui se sont abattues sur Prague au long du jour. Maintenant le ciel est étoilé, une vraie nuit d'été.

Au cœur de la vieille ville, dans la rue Obstgasse presque déserte, un jeune homme en costume clair, sans gilet, coiffé d'un chapeau de paille, marche d'un pas pressé. Devant lui, entre les pavés disjoints, s'étalent des flaques d'eau qui miroitent sous la lumière des réverbères. Tel un coureur d'obstacles, il saute à pieds joints d'une flaque d'eau à l'autre, d'un reflet à l'autre. Ici, un pignon ouvragé, là, l'ogive d'une fenêtre, un linteau d'église, le bras tendu d'un apôtre, l'envol d'un pigeon. En accéléré, il voit défiler à ses pieds des fragments de sa ville.

On l'entend siffloter *Collection de boutons au Louvre,* que chante depuis quelques jours Léonie Frippon au cabaret La Ville de Vienne. Ce jeune homme, une grande enveloppe rouge sous le bras, se rend comme bien des soirs chez son ami, Max.

Max Brod et lui se sont rencontrés par hasard à l'université, le 23 novembre 1903. Ils préparaient un doctorat de droit, avec une égale indifférence. Max, jeune chef de file, animait un cercle d'étudiants et organisait des conférences sur la littérature et la philosophie, ses passions. Un soir qu'il faisait un exposé sur Schopenhauer, il traite Nietzsche de charlatan. Un débat s'ensuit, l'assistance l'applaudit. Quand la salle se vide, un jeune homme l'aborde. On ne peut pas traiter Nietzsche de charlatan. En quelques phrases, cet inconnu développe son propos. Une voix ferme, une attitude timide. Max dévisage ce justicier, qui le dépasse d'une tête. Il est frappé par l'élégance de sa mise, cravate et col cassé, par l'intensité du regard, des yeux noirs où brûle une flamme, il pense à un héros de Dostoïevski. La maigreur et la distinction de cet étudiant aux pommettes hautes le gênent, il se reproche ses excès de bière, de nourritures grasses, son mépris pour le sport. Avant qu'il ne lui réponde, le jeune homme a disparu. D'où sort-il, ce fantôme ? Je ne l'ai jamais vu, il ne s'est mêlé à aucun groupe, il n'a jamais pris la parole. Mais lirait-il les philosophes avec plus d'attention qu'aucun d'entre nous ?

Le lendemain matin, Max reçoit une lettre de cet inconnu : il lui présente des excuses, mais développe ses critiques. Des arguments passés à un fin tamis, un style qui file droit. Max a conservé cette lettre. Et les dizaines d'autres qui ont suivi. Plusieurs d'entre elles sont ornées de figurines, d'étranges marionnettes noires suspendues à des fils invisibles.

Les deux étudiants sont devenus inséparables. Ils s'enthousiasment pour les mêmes livres, les mêmes films, le cinématographe les fascine. En fin d'après-midi, on les voit sortir de la ville pour de longues promenades dans la campagne. Le soir, ils assistent aux mêmes spectacles, applaudissent et soutiennent le théâtre yiddish, fréquentent les mêmes cafés ; Max lui présente des comédiens, de jeunes romanciers, des poètes, il connaît les cénacles, les troupes, les cabarets et les music-halls les plus intéressants de la ville.

Max lui confie qu'il écrit. Mais il craint de lui soumettre ses récits. Ils ne sont pas à la hauteur des exigences littéraires de son ami. Exigences qui l'agacent plus encore que son ascétisme. Son ami ne boit pas, ni alcool, ni thé, ni café, ne fume pas, dort la fenêtre ouverte au cœur de l'hiver, nage dans des fleuves glacés, se nourrit à peine. Passe encore. Mais il déplume un texte, le dégraisse sans pitié : telle métaphore le fait désespérer de la littérature, telle phrase ronfle, telle autre sonne faux, ces deux-là se frottent l'une contre l'autre, comme la langue sur une dent creuse ! Il répète d'une voix qui ressemble à une prière :

— Il faut tirer les mots du vide !

— De quel vide parles-tu ? demande Max.

En réponse son ami vante les délices de la banalité, fait l'éloge du détail. « L'odeur de la pierre humide dans un vestibule », dit-il en se délectant de chaque mot, c'est comme cela qu'il faut écrire.

Ce 13 août 1912, à l'heure tardive où commence cette histoire d'amours singulières, le jeune homme en costume clair qui courait après les reflets de sa vieille ville sonne à la porte de son ami.

— Tu as vu l'heure ? s'indigne Max, à peine lui a-t-il ouvert.

— Il est toujours en retard, lance une voix de la pièce voisine. Tant qu'il s'obstinera à avancer sa montre d'une heure et demie, il sera en retard avec tout le monde. Quelle drôle d'idée. Avancer sa montre d'une heure et demie !

Le jeune homme se met à rire. Il dépose son canotier dans l'antichambre et pénètre dans la salle à manger que prolongent une bibliothèque et un petit salon de musique. Otto, le frère de Max, assis au piano, joue la sonate en si mineur de Liszt. Leur mère est au téléphone, M. Brod cherche un livre parmi les rayonnages. De la main, ils saluent leur visiteur du soir.

Dans la salle à manger, une jeune fille, en chemisier blanc, est seule en train de dîner. À sa vue, le jeune homme marque un instant d'indécision. Puis il va droit vers elle, lui tend la main et se présente :

— Franz Kafka.

Il s'assied en face d'elle et l'observe avec une telle fixité que la jeune fille baisse les yeux et hésite avant de répondre :

— Felice Bauer.

— Vous n'êtes pas de Prague. D'où êtes-vous ? Vous voyagez seule ? Pour combien de jours êtes-vous ici ? Comment connaissez-vous les Brod ? Vous travaillez ?

Felice Bauer se détend et sur le même ton saccadé :

— J'habite Berlin. Je suis célibataire. J'ai des liens familiaux avec les Brod. Oui, je travaille. Je dirige le service dictaphone de la société Carl Lindström. Et je pars demain matin. Cela vous suffit-il ?

— Pardonnez-moi, je pose toujours trop de questions. Puis-je vous tenir compagnie ?

Sans attendre une réponse qui ne vient pas, Franz Kafka tire de son enveloppe rouge une pochette de photographies dont il vide le contenu sur la table.

— Mademoiselle, puis-je vous montrer ces photos ? Nous les avons prises, Max et moi, à Weimar où nous avons passé ensemble quelques jours. Pourquoi dînez-vous seule à cette grande table ?

— Je suis rentrée tard. J'étais au théâtre. Personne ne m'a attendue.

Elle adresse un sourire gêné à Max qui vient s'installer près d'elle. Franz lui présente une photographie :

— Voici d'abord la maison de Goethe, avec ses quatorze fenêtres sur la rue et...

— Tu les as comptées ? s'étonne Max.

— J'envie tout ce qui touche à Goethe, absolument tout. Son salon. Son cabinet de travail, cet escalier, fabriqué par un forçat dans un chêne géant, sans un seul clou, ses porcelaines chinoises, son buste, l'œuvre de David d'Angers, son théâtre de verdure avec deux rangs de spectateurs. Et même, au-dessus de son cercueil, cette couronne de lauriers en or offerte par les femmes allemandes de Prague.

Il choisit d'autres photos :

— En soudoyant le gardien, nous avons pu tout photographier, même la chambre à coucher avec son ciel de lit. Voulez-vous les voir ?

Felice regarde chaque cliché attentivement. Elle a repoussé son assiette, pleine.

— Votre viande refroidit, dit Max.

— Rien ne m'est plus odieux que les gens qui ne cessent de manger.

Une domestique vient annoncer à M. Brod, qui lit dans la bibliothèque, qu'on le demande au téléphone.

Il se lève et quitte la pièce.

— Et moi, rien ne m'est plus odieux que cette sonnerie du téléphone, se lamente Max.

Felice raconte la première scène de l'opérette, *La Petite Amie dans l'automobile,* qu'elle a vue au théâtre de la Résidence :

— On entend quinze fois de suite la sonnerie du téléphone. Quelqu'un, utilisant la même formule, appelle l'une après l'autre chacune des quinze personnes sur scène.

— Heureusement, nous ne sommes pas si nombreux, répond Max.

Felice continue de regarder les photos que Franz commente :

— Voici la maison de Liszt. Il ne travaillait, paraît-il, que de cinq heures à huit heures. Ensuite, il allait à l'église, puis se recouchait et, à partir de onze heures, il recevait ses visiteurs. Sur cette photo, vous pouvez voir la maison de Schiller. La salle d'attente, le salon, le cabinet de travail, les alcôves. Quelle bonne disposition pour une maison d'écrivain.

Max saisit une photo que Franz voulait dissimuler.

— Regardez plutôt Franz en train de nager. Voyager avec lui, c'est l'enfer. À chaque étape, il nous faut trouver, quitte à errer durant des heures, un hôtel sans aucun client, sans un chien à la ronde, sans un bruit et, en plus, à proximité d'un restaurant végétarien et d'une piscine en plein air. S'il ne nage pas, s'il ne rame pas, s'il ne marche pas tous les jours, il est invivable.

— Vous voyagez souvent ensemble ?

— Oui. Nous avons été en Italie : Brescia pour voir les aéroplanes, Milan, Riva, Lugano. Zurich. Et deux fois à Paris. Otto était avec nous. Il m'a aidé à supporter les extravagances de notre naturiste.

— Vous êtes naturiste ? s'exclame Felice.

— Pas vraiment... je suis l'homme au caleçon de bain. C'est vrai que, cet été, à la colonie de Jungborn, j'ai été pris d'une légère nausée à la vue de ces gens complètement nus, sans pudeur. S'ils courent cela n'arrange rien. Je n'aime pas non plus les vieux messieurs qui sautent par-dessus les tas de foin.

Ils rient tous trois.

— Alors, pourquoi y allez-vous ?

— Ce sont des gens paisibles qui vivent près de la nature. Dormir à la belle étoile, marcher pieds nus sur l'herbe, au petit matin, c'est très agréable.

Max montre à Felice une autre photo :

— Regardez Franz devant le jardin de Werther avec Grete ; ils mangent des cerises.

— Qui est Grete ?

— La ravissante fille du gardien. Franz l'a suivie nuit et jour. Avoue, tu en étais amoureux. Tu lui as offert des chocolats, des œillets, un petit cœur, une chaîne, que sais-je encore ? Tu l'aurais demandée en mariage si elle avait répondu à tes avances.

Max regarde sa montre :

— Il est déjà onze heures, et nous n'avons pas décidé de l'ordre de tes nouvelles. Tu dois impérativement les envoyer demain matin, à la première heure. Installons-nous à côté pendant que Felice termine de dîner.

Il se lève, s'empare de l'enveloppe rouge posée devant Franz, en retire un manuscrit. Felice regarde Franz d'un air étonné :

— Vous écrivez, vous aussi ?

C'est Max qui répond :

— Lui surtout ! Écrire est sa raison de vivre. Sa tête fourmille d'histoires prodigieuses. Il devient fou s'il ne les écrit pas. Il n'est que littérature. Vous n'avez rien lu de lui ?

Felice feuillette le volume des œuvres de Goethe que M. Brod a abandonné sur son fauteuil :

— Non, mais j'ai lu tous vos livres, Max. À l'exception de votre premier roman, *Le Château Nornepygge*. Je n'ai pas pu en venir à bout. J'ai essayé plusieurs fois.

Franz la dévisage d'un air consterné. Un silence s'installe, que Felice rompt d'une voix tranquille :

— J'en suis la première étonnée. Je me propose de le reprendre à l'occasion.

Max entraîne Franz vers un guéridon aux trois pieds raides et minces :

— Mettons-nous au travail. Nous n'en avons que pour quelques minutes. J'ai une proposition à te faire, je l'ai notée sur une feuille. Où l'ai-je mise ?

Il fouille ses poches, regarde autour de lui, l'aperçoit sur le marbre de la cheminée.

— La voilà ! Je mettrais en premier *Enfants sur la grand-route,* suivi de *L'Excursion en montagne* et de *Si l'on pouvait être un Peau-Rouge.* En dernier, *Un jour que j'étais malheureux.* Pour les autres nouvelles, je suis d'accord avec l'ordre que tu as choisi.

Felice s'approche d'eux :

— J'aime beaucoup copier des manuscrits. Il m'arrive de le faire à Berlin. Je vous serais reconnaissante, Max, si vous pouviez m'en envoyer.

Franz la regarde :

— Pour lire un texte ou simplement le copier ?

— Simplement le copier.

Franz frappe un grand coup sur le guéridon. Tous sursautent.

— Franz, tu acceptes l'ordre que je te propose ? Je peux reclasser tes nouvelles ?

— Je n'enverrai rien demain.

— Tu recommences, c'est exaspérant ! Je dois me battre contre toi à chaque publication. Pourquoi ce refus de la dernière heure ?

— Parce qu'il n'y a aucune raison de publier un texte qui ne soit pas parfait. Je ne suis pas pressé. Les hommes ont été chassés du paradis à cause de leur impatience. Et c'est leur impatience qui les empêche d'y retourner. Et puis, je ne veux pas décevoir ton éditeur une fois de plus.

— Mais c'est lui qui me réclame ton texte, encore hier, au téléphone ! Je lui ai formellement promis que tu le lui enverrais demain matin. Tu ne peux pas me faire ça.

— Je lui ai demandé combien d'exemplaires il a vendu de mon premier recueil. Onze. Comme j'en ai acheté dix, j'aimerais savoir qui possède le onzième *Contemplation* ? Et pourquoi ton éditeur publie-t-il des textes qui ne se vendent pas ?

— Parce qu'il sait qu'un jour il en vendra des centaines. Veux-tu que je te rappelle ce que disent de toi Rilke, Werfel, Heine, Musil ? Tu ne partiras pas d'ici avant de m'assurer que tu enverras ce texte demain.

— À la poste centrale, adresse-toi à la demoiselle du guichet 14, c'est la plus jolie, ajoute Otto.

— Envoie-le par lettre recommandée, dit Max.

— Je n'ai jamais envoyé une lettre, ni même une carte postale, autrement que recommandée.

Otto a fermé son piano. Il s'agenouille devant le poêle. Franz le regarde, se met à rire et prend Felice à témoin :

— À chacune de mes visites, Otto, qui tient à se coucher à l'heure, s'escrime ostensiblement avec l'écran du poêle. C'est sa façon de me rappeler qu'il est temps de partir. Il m'a surnommé le trouble sommeil professionnel. Parfois, toute la famille Brod doit réunir ses forces pour me pousser hors de l'appartement. Ce soir, je crains de vous avoir retardée, vous aussi. À quelle heure partez-vous demain matin ?

— À six heures et demie. Je n'ai pas fait ma valise. Et je veux terminer mon livre avant de dormir.

Franz sourit :

— Vous aimez lire tard dans la nuit ?

— Parfois jusqu'à l'aube.

— Vous rentrez à Berlin ?

— Non, je pars pour Budapest. Assister au mariage de ma sœur. Vous voulez vraiment tout savoir ?

Mme Brod se mêle à la conversation :

— À son hôtel, Felice m'a montré la robe en batiste qu'elle portera pour la cérémonie. Ravissante !

Felice se lève. Franz qui ne la quitte pas des yeux remarque :

— Vous portez les pantoufles de Mme Brod ?

— Oui. Il a fait un temps épouvantable toute la journée, j'ai dû mettre mes bottines à sécher. Mais je suis habituée aux mules à talons.

— Des mules à talons ? Quelle nouveauté !

Elle file à travers le couloir qui conduit à la salle de bains. Une porte claque. Mme Brod s'écrie :

— Felice a tout d'une gazelle !

Franz grimace. Max s'approche de son ami et lui demande à voix basse :

— Comment trouves-tu notre Berlinoise ?

— Sans charme, sans attrait. Quand je suis arrivé, elle dînait à table et pourtant je l'ai prise pour la bonne. Un visage osseux, insignifiant. Un nez presque cassé, des cheveux blonds un peu raides. Elle est habillée comme une ménagère, bien qu'elle ne le soit nullement, je l'ai vite constaté. Elle est décidée, pleine d'assurance, robuste. Comme se...

On entend des pas dans le couloir. Il s'interrompt. Court au-devant de Felice et lui montre la revue qu'il a sortie de son enveloppe :

— Mademoiselle Felice, j'ai apporté, par hasard, un numéro de *Palästina*.

Felice tend une main que Franz saisit et tient serrée contre lui.

— Connaissez-vous cette revue ? Max et moi projetons d'aller l'an prochain en Palestine. Voulez-vous vous joindre à nous ?

— Quelle drôle d'idée... Vous plaisantez ?

Elle retire sa main.

— Pas du tout, je n'ai jamais été aussi sérieux.

— Ce n'est pas un voyage que l'on décide comme cela, d'un coup de tête ! Vous parlez l'hébreu ?

— Non, pas vraiment. Alors que mon arrière-grand-père maternel, dont je porte le prénom, Amschel, était un talmudiste réputé ; mais je prends des leçons d'hébreu moderne. Viendrez-vous ? Je voudrais une promesse. Une promesse formelle.

— Je ne sais pas. Laissez-moi réfléchir. Et prendre congé de mes hôtes.

Sous le regard de Franz, qui la suit, Felice se coiffe d'une capeline beige et blanc, qu'elle pique de trois longues épingles. M. Brod lui propose de la raccompagner à son hôtel.

— Puis-je me joindre à vous ? s'empresse Franz.

Dans la rue étroite, aux pavés irréguliers, Felice et M. Brod marchent côte à côte. Franz les suit, plongé dans un étrange mutisme. À mi-parcours, il se demande s'il pourrait apporter des fleurs à cette jeune fille, à la gare. Mais où trouver des fleurs, à l'aube ? Sans raison, poussé par l'inquiétude, le désir et le désarroi, il trébuche plusieurs fois sur le trottoir pour marcher sur la chaussée. Alors qu'ils s'engagent dans Perlgasse, Felice se tourne vers lui :

— Où habitez-vous ?

— Vous voulez mon adresse ?

Une bouffée de joie l'envahit, elle veut m'écrire pour confirmer son voyage en Palestine.

— Votre adresse ? Non, je voudrais m'assurer que votre chemin coïncide avec celui de mon hôtel. Et ne pas vous retarder.

— Je ne suis jamais pressé de rentrer. Je dors très peu. Mes nuits se composent de deux parties : l'une éveillée, et l'autre sans sommeil.

Felice reprend sa conversation avec M. Brod. Franz les entend honteusement gaspiller le temps en comparaisons entre la circulation de Prague et celle de Berlin. M. Brod lui donne maintenant des conseils pour le voyage et lui énumère les gares où elle pourrait acheter quelque chose à manger. Felice déclare qu'elle a l'intention de prendre son petit déjeuner au wagon-restaurant. Elle espère retrouver son parapluie, oublié dans le train quelques jours plus tôt.

Ils pénètrent dans le hall d'un hôtel luxueux, *L'Étoile bleue*. Franz semble si troublé que dans la porte tournante il se presse dans le même compartiment que Felice et lui marche sur le pied. Il bafouille des excuses. Devant la porte ouverte de l'ascenseur, ils se disent au revoir. Franz lui rappelle leur projet de voyage. Felice aperçoit alors le portier et parlemente avec lui sur l'opportunité d'une voiture pour se rendre à la gare le lendemain. De nouveau, ils se disent au revoir. Felice s'écrie :

— Vous allez me rappeler une fois encore…

Franz l'interrompt :

— Non, non, j'ai une dernière question : combien de temps peut-on conserver du chocolat sans qu'il se gâte ?

Une passion sans amour

Le 20 septembre 1912, il écrit sa première lettre à Felice Bauer. Une lettre à en-tête de la compagnie d'assurances ouvrières où il occupe un poste important. Une lettre de deux pages, tapée sur une machine à laquelle il n'est pas habitué, et commencée après sa sixième heure de bureau. Il lui rappelle son nom, Franz Kafka, leur rencontre chez les Brod, leur projet d'aller en Palestine. Au cas où elle n'aurait pas de raisons de le prendre pour compagnon de voyage, pour guide, fardeau, tyran et tout ce qu'il pourrait devenir, il lui propose, en attendant, de le prendre à l'essai comme correspondant. Il ajoute qu'il n'est pas ponctuel et qu'en échange il n'attend pas qu'on lui écrive régulièrement.

Il signe : « Votre sincèrement dévoué, Dr Franz Kafka. » (Il est docteur en droit.)

Cette première lettre reste sans réponse.

Franz en écrit une seconde, à la main. Il a énormément de choses à dire : il fait beau et chaud, la fenêtre est ouverte, il chantonne. Il explique à Felice Bauer que durant cinq semaines il a mendié son adresse professionnelle à Berlin, qu'il n'en était pas sûr, qu'une pluie de nervosités s'abat continuellement sur lui, qu'il a composé sa première lettre dix soirs de suite, si grande était sa difficulté à transcrire ce qu'il avait en tête avant de s'endormir. Il signe : « Votre Franz Kafka ».

À ces cinq pages, Felice ne répond pas. Mais elle conserve les deux missives.

Décidé à briser le silence que cette jeune fille lui oppose, Franz sollicite l'aide de son entourage. Max et sa sœur, Sophie Friedmann, qui a épousé un cousin des Bauer, écrivent à Felice, lui vantent l'éminente valeur de leur ami, la considération dont il est l'objet. Au bout de trois semaines, et après une deuxième lettre de Sophie, Felice se laisse fléchir. Franz exulte, cette lettre, lui dit-il, lui cause une joie ridicule et il pose la main dessus pour sentir qu'elle est bien à lui.

Il s'engage aussitôt dans une correspondance frénétique : entre le 23 octobre, date à laquelle il reçoit la première réponse, et le 31 décembre, il lui envoie cent lettres, une moyenne de trois par jour.

Les premières sont délicieuses :

« Je tremble comme un fou quand je reçois vos lettres, des palpitations me traversent tout le corps et mon cœur ne connaît que vous. »

« Chère Mademoiselle Felice, il est une heure et demie du matin. Il n'y a guère de quarts d'heure de ma vie éveillée que je n'aie pensé à vous, et il y en a beaucoup pendant lesquels je ne fais pas autre chose. Depuis le soir où j'ai fait votre connaissance, j'ai eu le sentiment d'avoir un trou dans la poitrine par où tout entrait et sortait comme aspiré hors de moi. Vous êtes intimement liée à ma littérature. »

« Aujourd'hui, j'ai reçu vos trois dernières lettres presque en même temps. Votre bonté est infinie. Je vous écrirai sans doute encore plusieurs fois dans la journée. Adieu donc, pour quelques heures seulement. »

Le ton est de moins en moins cérémonieux ; aux Mademoiselle des débuts, succèdent : Chère Mademoiselle Felice ; puis : Très chère Mademoiselle Felice. Soudain, le 14 novembre, il écrit : Chérie, chérie, et ose le tutoiement. Quelques jours plus tard : « Chérie, adorée, oh, toi, la plus chérie de mes tentations ; ma bien-aimée, je réponds à ta question : oui, je t'ai aimée tout de suite, ce soir-là chez Max, dès le premier instant, dès le premier regard ; je t'aime à en gémir. »

« Chérie, adorée, j'ai encore rêvé de toi. Un facteur m'apportait tes deux lettres, une dans chaque main, et il me les tendait avec un mouvement d'une précision merveilleuse qui faisait sauter ses bras comme les bielles d'une machine à vapeur. Je pouvais tirer des enveloppes autant de feuillets écrits que je le voulais, jamais elles ne se vidaient. C'était un rêve enchanté. » Il signe : « Ton Franz ».

Dès les premiers jours, et au fil des mois, il brosse à cette jeune fille un portrait de lui : fidèle, impitoyable, caricatural, humoristique et, dit-il, mensonger.

« Vous me croyez beaucoup plus jeune que je ne le suis ; pour un peu je vous cacherais mon âge. J'aurai trente ans, le 3 juillet prochain. J'ai l'air d'un adolescent, c'est vrai. »

Dans son *Journal*, il se livre à un examen plus précis, après s'être attentivement regardé dans la glace : « Je me suis trouvé mieux de visage que je ne le suis à ma propre connaissance – il est vrai que c'était à la lumière du soir et que j'avais la source de lumière derrière moi, de sorte que seul le duvet qui couvre l'ourlet de mes oreilles était vraiment éclairé. C'est un visage pur, harmonieusement modelé, presque beau de contours. Le noir des cheveux, des sourcils et des orbites jaillit comme une chose vivante de la masse du visage qui est dans l'expectative. Le regard n'est nullement dévasté, il n'y a pas trace de cela, mais il n'est pas non plus enfantin, il serait plutôt incroyablement énergique, à moins qu'il n'ait été tout simplement observateur, puisque j'étais justement en train de m'observer et que je voulais me faire peur. »

Il confie à Felice qu'il est l'homme le plus maigre du monde, mais qu'il n'a plus honte de son corps depuis qu'il fréquente les piscines.

Et il répond à chacune de ses questions :

« Vous voulez connaître mon emploi du temps ? Très routinier. De 8 heures à 2 heures au bureau, déjeuner jusqu'à 3 heures ou 3 heures et demie et jusqu'à 7 heures et demie sieste au lit, puis dix minutes de gymnastique, nu et la fenêtre ouverte, puis une heure de promenade, seul ou avec un ami, puis dîner au milieu de ma famille. Puis vers 10 heures et demie (quelquefois plus tard encore), j'écris.

Cela dure selon mes forces, mon envie et ma chance jusqu'à 1, 2, 3 heures du matin. »

Il joint à cette lettre (à titre d'avertissement ?) un poème de Yan-Tsen-Tsaï :

Pris par mon livre dans la nuit froide
J'ai oublié l'heure d'aller me coucher
Les parfums de ma couverture brodée d'or
Sont déjà dissipés, le feu est éteint.
Ma belle amie qui jusque-là retenait
Avec peine sa colère, m'arrache la lampe des mains
Et me demande : « Sais-tu l'heure qu'il est ? »

Il ne cache aucune de ses singularités. « Ma façon de vivre ? Elle vous paraîtrait folle et intolérable. Je m'habille à la diable. Je n'ai qu'un costume pour le bureau, la rue, même pour l'été et l'hiver. Contre le froid, je suis mieux aguerri qu'une souche, je n'ai encore porté jusqu'à présent, au milieu de novembre, aucune espèce de pardessus lourd ou léger ; parmi les passants emmitouflés, je fais figure de fou en petit chapeau de paille et costume d'été, sans gilet (je suis devenu l'inventeur du complet sans gilet). »

« Bien entendu, je ne fume pas, je ne bois ni alcool, ni café, ni thé. » Mais il ajoute, peut-être pour rassurer Felice, qu'il éprouve un sentiment de bonheur lorsque dix personnes autour de lui boivent du café noir ou de la bière ; rien ne lui plaît tant que voir les autres manger un aliment qu'il ne portera jamais à sa bouche. Soucieux du détail, il précise :

« Je fais trois repas par jour, dans l'intervalle je ne mange rien, mais ce qui s'appelle rien. Le matin, de la compote, des biscuits et du lait. À deux heures et demie, par pitié filiale, la même chose que les autres, un peu moins que les autres. Le soir, à neuf heures et demie en hiver, du yoghourt, du pain complet, du beurre, des noix et des noisettes, des châtaignes, des dattes, des figues, du raisin, des amandes, des graines de potiron, des bananes, des pommes, des poires, des oranges. Et je n'ai jamais mon content de citronnade. Mais très chère Felice, ne me rejetez pas pour cela, acceptez-moi gentiment. »

Dans son *Journal*, il se lâche, il avoue ses fringales réelles et imaginaires :

« Ce désir que j'ai presque toujours, pour peu que je me sente l'estomac vide, d'entasser en moi des images de terribles audaces alimentaires. C'est surtout devant les charcuteries que je contente ce désir. Si je vois une saucisse étiquetée comme vieux saucisson de ménage bien dur, j'y mords à pleines dents en imagination, et je déglutis rapidement, régulièrement et sans scrupule, comme une machine. Ma hâte s'accroît du désespoir que cet acte, même imaginaire, a pour suite immédiate. Je m'enfonce dans la bouche de longues couennes de côtelettes, que je ne mâche pas, puis je les fais ressortir par l'autre bout en les tirant vers l'estomac et les intestins. Je vide entièrement des épiceries crasseuses. Je m'emplis de harengs, de cornichons, de toutes les nourritures malsaines, faisandées et fortes. De leurs pots de fer, les bonbons me pleuvent dans la bouche comme des grêlons. »

Il décrit par le menu ses journées, ses sorties, son oisiveté, ses manies, ses faiblesses :

« La salle de bains, dit-il à Felice, me procure un grand plaisir, je m'ennuyais tellement hier au soir que je suis allé trois fois de suite me laver les mains. Et il m'arrive de passer des après-midi en compagnie de mes cheveux. Et de ma brosse, une brosse de marque anglaise, G.B Kent & Sons, dont je ne puis me passer »[1].

Il se reproche de trop aimer le confort, la femme de chambre qui oublie de lui apporter de l'eau chaude le matin renverse son monde. Depuis toujours le confort le persécute, il l'obtient en mendiant, en pleurant, en renonçant à des choses plus importantes.

À sa Berlinoise, à Max, à ses amis, à ses parents, Franz se plaint du bruit à longueur d'années. « Ma chambre est le quartier général du bruit de tout l'appartement. J'entends claquer les portes, ma sœur, Valli, demande, en criant à travers l'antichambre, comme dans une rue à Paris, si le chapeau de père a été bien brossé ; on parle fort dans les deux chambres contiguës, voix de femmes à gauche, voix d'hommes à droite, j'ai l'impression que ces gens sont des créatures sauvages, des nègres que rien ne peut faire tenir tranquilles, qui ne savent pas ce qu'ils disent, ne parlent que pour mettre l'air en mouvement et suivent des yeux les paroles qu'ils

1. Cette brosse, le seul objet de Kafka qui subsiste, se trouve en Israël, au kibboutz Ein Charod, auquel Dora, sa quatrième fiancée, l'a offerte.

prononcent. La grande pièce est pleine de bruits, bruit de la partie de cartes, puis, plus tard, de la conversation ordinaire que mon père mène d'une façon sinon suivie, du moins sonore. »

Dans la rue, les voitures font un terrible vacarme. Un tapage monstrueux. Franz est obligé d'introduire des boules de cire dans ses oreilles. « Il est pénible de se boucher les oreilles de son vivant » !

Il présente rapidement sa famille. D'abord ses sœurs : il en a trois, l'une, Elli, est mariée ; la seconde, Valli, vient de se fiancer ; Ottla, la plus jeune, est celle qu'il chérit le plus. Pure, vraie, honnête, humilité et fierté, dévouement et indépendance, timidité et courage, tout cela, dit-il, dans un équilibre parfait.

Sa mère passe son temps au magasin où elle seconde son mari ; Franz ne la voit que très peu, tard le soir, lorsqu'elle rentre exténuée d'une interminable journée de travail. « Ma mère, lui dit-il, est l'esclave aimante de mon père, un géant, et mon père est le tyran aimant de ma mère, l'entente entre eux est parfaite. »

En parlant de sa mère, il découvre qu'il ne l'a pas toujours aimée comme elle le méritait et comme il en était capable, uniquement parce que la langue allemande l'en a empêché. « La mère juive n'est pas une *Mutter*, écrit-il, cette façon de l'appeler la rend étrangère et un peu ridicule ; le mot *Mutter* est particulièrement allemand, il contient autant de froideur que de splendeur chrétiennes. »

Un soir, il annonce à Felice que sa sœur aînée a eu son premier enfant : sa mère est revenue à une heure du matin et leur a annoncé la naissance d'un garçon, son père s'est mis à circuler en chemise de nuit dans l'appartement, a ouvert toutes les portes, a réveillé son fils, ses filles, il a réveillé la bonne et leur a annoncé la naissance d'une façon qui aurait pu leur faire croire que l'enfant non seulement était venu au monde, mais qu'il avait déjà fini une vie pleine d'honneurs et que ses obsèques avaient eu lieu. « Je n'ai pas ressenti la moindre affection pour ce neveu mais uniquement de l'envie, rien qu'une envie féroce, dit-il, car je n'aurai jamais d'enfant. »

Felice a-t-elle été troublée par cet avertissement ?

Dans toutes ses lettres, Franz la soumet à un interrogatoire nourri : À quelle heure arrives-tu au bureau ? Que prends-tu pour ton petit déjeuner ? Que voit-on de ta fenêtre ? Comment es-tu habillée ? Donne-moi le nom de tes amis et amies, quel temps fait-il, tu as vu quel spectacle ? Et tu as soupé avant ou après le théâtre ? Quelle place avais-tu ? Comment occupes-tu tes dimanches, quels livres lis-tu ? Qu'est-ce que ce tango que tu danses, est-ce quelque chose de mexicain ? Comment peux-tu dicter un texte à deux filles à la fois ? Avec quelle collègue es-tu rentrée en courant le 30 ? Pourquoi ne t'es-tu pas promenée de la journée ?

J'ai la tête, lui dit-il, pleine d'autant de questions qu'il y a de mouches sur un pré.

Insatiable, comme s'il se nourrissait d'elle, il lui extorque la promesse de lui écrire tous les jours. « Écris-moi promptement une nouvelle lettre. Réponds exactement à toutes mes questions, il me faut des réponses aussi rusées et aussi vives que des serpents. Adieu et pense à tenir un petit journal. Moi, il faut que je t'écrive sinon la tristesse me tuerait. »

Et en écho, dans son *Journal* : « Avoir auprès de soi quelqu'un qui aurait cette compréhension, une femme peut-être, signifierait être soutenu de tous côtés, avoir Dieu. »

Dès les premiers jours de novembre, il n'y a pas deux mois qu'ils correspondent, une lamentation s'élève et s'amplifie : Que t'ai-je donc fait pour que tu me tortures ainsi ? Une fois de plus, rien aujourd'hui, ni à la première, ni à la deuxième distribution. Comme tu me fais souffrir ! Alors qu'un mot de ta main pourrait me rendre heureux. Rien que deux lignes, un bonjour, une enveloppe, une carte, je t'en prie. Je t'ai envoyé depuis vendredi quatorze ou quinze lettres. Une folie.

Lorsque la souffrance le déchire, il lui envoie un télégramme urgent pour recevoir, en retour, trois mots qui l'apaisent quelques heures. Il ne recourt que rarement au téléphone, attendre le cœur battant que s'établisse la liaison, parler au bureau en présence d'autres personnes lui font perdre ses moyens, il bafouille, il n'entend rien.

— Au lieu de poser vos yeux sur l'écouteur, vous feriez mieux d'y mettre l'oreille, lui a lancé un de ses collègues, en éclatant de rire.

Franz a raccroché et s'est enfui, comme pris en faute.

Bientôt, il conjure Felice de mettre fin à leur échange épistolaire, il ne supporte pas les tourments qu'il endure : « Si je veux continuer à vivre, je ne peux plus attendre en vain des nouvelles de toi. Ne m'écris plus. »

Une lettre arrive le lendemain ? Le remords, le regret le saisissent ; il supplie Felice de lui pardonner son harcèlement. « M'est-il permis de t'embrasser ? Sur ce papier lamentable ? Autant ouvrir la fenêtre et embrasser l'air de la nuit. Tu m'écriras encore, n'est-ce pas » ?

Il lui fait parvenir des roses innocentes, pour effacer des mots criminels.

Puis, il lui demande de ne lui écrire qu'une fois par semaine, le samedi, il ne supporte pas ses lettres quotidiennes, il n'est pas en mesure de le supporter. Trois jours plus tard, il la supplie de lui écrire tous les jours, encore et encore.

Ils échangent leurs photographies. La première que reçoit Felice la fait rire aux éclats : Franz a cinq ans. Habillé en fille, il la regarde d'un air méchant. Quelques jours plus tard, il lui envoie la photo de deux bébés nus : ses sœurs. Il espère, en vain, une photo de Felice au même âge. Il lui adresse enfin la sienne, prise devant chez lui : un jeune dandy cravaté, en pardessus foncé ouvert sur un costume gris, coiffé d'un feutre dont le bord projette une ombre sur les orbites. On ne voit pas les yeux. Pourtant Felice ne peut détacher les siens de ce regard qui la fixe. Le pantalon étroit, au pli impeccable, souligne la maigreur des jambes ; les chaussures à bout rond, solides et neuves, reluisent. Les mains sont croisées sur le ventre. Felice enferme ce portrait dans un cadre, posé sur sa table de nuit. C'est devant cette image qu'elle s'endort chaque soir.

Lui se perd dans la contemplation des photos de sa Berlinoise, il lui en réclame toujours plus : « Un visage, lui dit-il, n'est saisissable qu'à travers mille photos. » Il veut aussi des photos de ses sœurs, de sa tante, de sa nièce, de ses amies. Dès qu'il les reçoit, il la mitraille de questions : où ont-elles été prises, par qui, à quelle heure, qu'y a-t-il autour, au-delà ? Le hors-champ l'intéresse plus encore que ce qu'il voit. « Les photos sont belles, sont indispensables mais elles sont aussi un tourment. Tu ne me donneras jamais assez d'explications. »

Après leurs premières rencontres, il cessera de lui en réclamer ; il l'a vue trop longtemps en chair et en os pour que ses photographies puissent lui être de quelque utilité. Il ne veut plus les regarder : Felice est sans relief ; elle tombe dans la banalité. « Moi, explique-t-il, j'ai plongé mon regard dans ton visage réel, humain, avec les défauts qu'il comporte nécessairement, et je me suis perdu en lui. Comment pourrais-je en ressortir et m'y retrouver sur de simples photographies ? »

Il se plaint du bureau, cette fosse de misère, cette lamentable paperasserie qui lui arrache un morceau de chair. Il se plaint de l'usine d'amiante que son père a achetée en association avec son gendre, et qui exige que ce soit son fils qui s'en occupe plutôt que de perdre son temps à consigner des absurdités. Il se plaint de tout ce qui l'empêche d'écrire. « Ma vie consiste et a consisté depuis toujours en tentatives pour écrire, et le plus souvent en tentatives manquées. Mais lorsque je n'écris pas, je suis par terre, tout juste bon à être balayé. » Il ajoute cette remarque, la première d'une longue série : « Mes forces étant très réduites, j'ai dû me résoudre à me priver un peu dans tous les domaines, afin de garder des forces suffisantes pour ce qui me paraît mon but essentiel. Mes nuits ne seront jamais assez longues pour cette occupation, voluptueuse au plus haut degré. »

Or, lorsqu'en août il rencontre Felice, il traîne depuis des mois, il n'a rien fait que paresser sur son divan. Il a même délaissé son *Journal*. À peine une phrase, notée de-ci, de-là : « Ma main gauche embrassait les doigts de ma main droite, par pitié. J'étais en froid avec moi-même parce que je suis resté trop longtemps sans écrire. »

Et voilà que dans la nuit du 22 au 23 septembre, soit deux jours après qu'il a envoyé sa première lettre à Berlin, la vague revient, l'emporte. Il écrit *Le Verdict* d'une traite, de dix heures du soir à six heures du matin. Lorsqu'il pose sa plume, le jour pointe ; il prend le temps, si forte est sa joie, de noter longuement ses impressions dans son *Journal*, et ce final de victoire : « J'avançais en fendant les eaux. Ce n'est qu'ainsi qu'on peut écrire, avec cette continuité, avec une ouverture aussi totale de l'âme et du corps. Tout peut être dit, toutes les idées si insolites soient-elles. »

Alors qu'il s'étire, la bonne, Ruzenka, traverse le vestibule, les yeux gonflés de sommeil. Il la prend à témoin :

— J'ai travaillé jusqu'à maintenant !

Puis, tel un athlète qui fait le tour du stade pour savourer l'ovation du public, il éteint sa lampe et s'en va tambouriner à la porte de ses sœurs.

Ce récit, *Le Verdict*, lui fait monter des larmes aux yeux lorsque le lendemain, chez Oskar Baum[1], il le lit à ses amis. Ce récit qu'il jugera « valable » jusqu'au jour de sa mort alors qu'il condamnera au feu le reste, c'est à Felice qu'il le doit.

C'est à *Mademoiselle Felice B* qu'il dédie ce texte. À la jeune fille qu'il n'a vue qu'un soir, une heure à peine.

1. Oskar Baum, bien qu'aveugle à la suite d'une rixe entre écoliers, fut un excellent pianiste, un poète et un écrivain. Il mourut à Prague, en 1940, durant l'Occupation.

Berlin, sept mois plus tard

De septembre 1912 à mars 1913, Franz et Felice correspondent sans pause ni grand changement. Excepté un fait essentiel : Franz continue d'écrire, dans la même fièvre. *La Métamorphose* sort de lui en l'espace de vingt jours (du 17 novembre au 7 décembre) « comme une véritable délivrance couverte de saletés et de mucus ». Ce roman, qu'Elias Canetti qualifiera de chef-d'œuvre majeur du XXe siècle, c'est à Felice que Franz en attribue… la paternité.

Il écrit quand vient la nuit. Lorsque ses parents, chez qui il habite, ont terminé leurs bruyantes parties de cartes et qu'enfin tout dort dans l'appartement. Il s'enferme dans sa chambre, décrite dans son *Journal*, comme s'il la filmait, plan par plan. Une pièce petite, étroite, occupée par un canapé, et un lit recouvert d'un édredon rouge. Son bureau est encombré de mille objets, un miroir à barbe, une brosse à habits, un porte-monnaie ouvert, une clé sortie du trousseau, une cravate enroulée à demi autour d'un faux col, des crayons, une boîte d'allumettes vide, un presse-papiers, une règle, beaucoup de boutons de faux col, des lames de rasoir, des pinces de cravates. Du tiroir ouvert sortent des brochures, de vieux journaux, des catalogues, des cartes postales, des lettres à demi déchirées.

Il a accroché à ses murs deux œuvres qu'il contemple dès qu'il lève la tête, une reproduction, *Le Laboureur* du peintre Hans Thoma, et le moulage d'une ménade sans tête. Le corps vêtu d'une robe plissée, elle brandit une cuisse de bœuf.

Lorsque ses jambes s'ankylosent, Franz se lève et se poste devant sa fenêtre sur rue. La tête rejetée en arrière, la joue pressée contre l'espagnolette, il observe le fleuve qui s'écoule devant lui, les rives où l'herbe commence de jaunir, ou de verdir, le ciel qui change de couleur, et le cortège de voitures qui le replonge dans le concert des hommes.

Ce lecteur insatiable vit entouré de livres. Nous savons le prix qu'il attache à sa bibliothèque : un soir que sa mère entre dans sa chambre, en son absence, pour y prendre un roman d'Oskar Baum que Franz voulait lui-même prêter à sa sœur Elli, il entre dans une véritable fureur quand il l'apprend. Il injurie presque sa mère :

— Laisse-moi mes livres ! Je n'ai rien d'autre.

Il lit des biographies, des mémoires, des romans, des essais, des recueils de poésie ; il relit deux, trois fois, parfois plus, ceux qui l'enthousiasment. Il interroge Felice sur ses lectures, désespère de ses choix, lui recommande Flaubert (il rêve de lire en public *L'Édu-*

cation sentimentale[1], d'une traite, en autant de jours et de nuits que nécessaire, et en français, bien sûr), Dostoïevski, Strindberg, Grillparzer, Kropotkine, Gogol, Kleist, Dickens, Jammes, et l'autobiographie de Berlioz... la liste serait interminable. « On ne devrait lire que des livres qui nous mordent et nous piquent, ils doivent être la hache qui brise la mer gelée en nous. »

Il consigne une anecdote qu'il n'ose livrer à Felice : il est interdit de penser à la Thora aux cabinets, c'est pourquoi on peut y lire des ouvrages profanes. Un certain K. avait beaucoup de connaissances profanes, il avait tout appris aux cabinets. Aucun détail n'est trivial, ajoute-t-il, du moment qu'il est exact.

Le 11 décembre 1912, il envoie à Felice son recueil, *Méditation*, qui vient de paraître. Les jours qui suivent, il attend fiévreusement ses commentaires ; il parcourt à la hâte les lettres qu'il reçoit presque chaque matin. Rien, pas une ligne sur son livre. Les jours passent. Toujours rien. Le 18 décembre, il glisse ces mots de rappel : « Je suis heureux de savoir mon livre entre tes mains. » Il attend. Toujours rien. Felice lui parle de tout sauf de son livre. Elle ne s'intéresse pas à ce qu'il y a de mieux en moi, se dit-il. Cette indifférence l'humilie, le torture. Le 23 décembre, il est on ne peut plus précis :

« Tu ne m'as encore rien dit de mon livre. »

Felice se tait, elle n'a pas eu la curiosité de l'ouvrir, elle qui lit énormément et s'enthousiasme

1. Kafka n'a jamais voyagé sans glisser ce livre dans ses bagages.

de dizaines de livres. Dans ses lettres, Franz voit traîner tant d'écrivains qu'il voudrait leur chercher querelle à tous, à tous. Le jour où elle couvre d'éloges Schnitzler, il enrage. Au beau milieu de la nuit il lui écrit. Son ton est meurtrier :

« Je ne l'aime pas du tout et ne l'estime guère. On ne le fera jamais tomber assez bas. »

Le dimanche 29 décembre, il explose :

« Pourquoi ne me dis-tu pas en deux mots que mon petit livre ne te plaît pas ? Il serait compréhensible que tu ne saches pas quoi en faire, ce qui laisserait espérer qu'il puisse t'attirer un jour, un jugement hésitant de ta part m'aurait paru naturel, mais tu n'as rien dit, deux fois tu as annoncé quelque chose, mais tu n'as toujours rien dit ; en lui-même mon livre ne te plaît pas, mais tu l'aimes sûrement pour autant qu'il est de moi, dans ce cas on finit tout de même par le lire ! »

Quel mauvais, quel triste dimanche il a passé.

Depuis cette humiliante mise au point, il cesse de lui parler de son travail, ou il lui en dit bien peu. Auparavant, il lui adressait un compte rendu fidèle, enthousiaste, détaillé, humoristique, et quotidien. Il espérait des éloges, un peu d'admiration. Il n'a rien eu, qu'un silence brûlant.

Il lui écrit chaque jour, mais ne projette aucune rencontre. Il se perd en de vagues regrets :

« Tu t'es envolée dans l'ascenseur, le soir de notre rencontre, au lieu de me dire à l'oreille sans t'occuper de M. Brod : Viens avec moi à

Berlin, plante tout là et viens. » Parfois il s'accuse d'inertie : « Pour quelle raison, fou que je suis, resté-je à mon bureau ou chez moi, au lieu de me jeter dans le train les yeux fermés pour ne les rouvrir que lorsque je serai près de toi ? »

Sans doute à la demande de Felice, dès les premiers jours de décembre, il laisse entendre qu'à Noël il pourrait se rendre à Berlin. Mais rien n'est moins sûr. Ce voyage est devenu encore plus douteux mais, plaide-t-il, toi aussi, Felice, tu auras des visites qui probablement me fermeront l'accès de Berlin.

Durant le mois de janvier, il n'est plus question de se revoir. Le 5 février, il est évasif :

« Aurais-tu à Pâques, le dimanche ou le lundi, une heure quelconque de libre pour moi et, si tu l'avais, trouverais-tu bon que je vienne ? Je ne ferai rien d'autre à Berlin que d'attendre ce moment, et quand ce ne serait pas une heure entière, mais quatre quarts d'heure, ce serait bien aussi. Reste donc à savoir, c'est la question principale, si tu trouves bon que je vienne. »

Deux jours plus tard :

« Chérie, je ne veux pas voir les gens de ta famille, je n'en suis pas capable. Donc, réfléchis bien, Felice, car tes parents, ton père, ton frère, ta sœur de Dresde seront sûrement à la maison, bref, je comprendrais très bien que tu n'aies pas le temps. »

Est-ce là un discours amoureux ? Ou l'art à peine déguisé d'esquiver une rencontre dont il n'a nulle envie ? Il l'avoue :

« Tu as raison, Felice, ces derniers temps, il m'arrive souvent de me forcer à t'écrire. »

La raison de ce changement ?

« Mon roman américain[1]. L'histoire que j'écris se passe exclusivement aux États-Unis d'Amérique. C'est mon premier travail un peu long, après quinze années qui n'ont été qu'un affreux tourment. Il faut que je le finisse et avec ta bénédiction, je vais faire passer les petits moments que j'aurais pu employer à t'écrire des lettres inexactes, terribles, lacunaires, imprudentes, dangereuses, à ce travail où tout s'est trouvé apaisé et a pris le bon chemin. Et, Felice, ne m'abandonne pas à ma solitude. »

Entre Berlin et New York, entre le bonheur de revoir la femme qu'il aime et celui de mettre au monde un héros, de le nommer, Karl Rossmann, de le faire vivre dans une ville trépidante à l'autre bout de la planète (où il sait qu'il n'ira jamais), pas l'ombre d'une hésitation. Felice lui a insufflé la force, l'exaltation nécessaire. Elle a fait jaillir l'étincelle, le moteur grippé s'est remis en marche. Elle a magnifiquement rempli le rôle qu'il lui a assigné le soir de leur rencontre. Il ne l'en aime que plus. Ou plutôt, il a besoin de la passion qu'il éprouve pour elle.

Une passion sans amour.

Tout à la jouissance d'écrire, il plaisante : « Chérie, je t'en supplie les bras au ciel, ne sois pas jalouse ; si les gens de mon roman remarquent ta jalousie, ils me fausseront compagnie.

1. Kafka a puisé des détails sur la vie quotidienne des Américains dans *L'Autobiographie* de Benjamin Franklin qu'il a lue avec un extrême plaisir et dont il a recommandé la lecture à son père.

Et songe un peu, s'ils me faussent compagnie, il me faudra les suivre, et quand je devrais pour cela aller jusqu'en enfer, où ils sont chez eux. Non, je ne m'arracherai pas non plus à mon roman en ta présence. Sûrement pas. »

Quelques jours plus tard, il jubile : « Pleure, chérie, pleure, le moment de pleurer est venu ! Le héros de ma petite histoire est mort, il y a un instant. Si cela doit te consoler, sache qu'il est mort assez paisiblement et réconcilié avec tous. »

Soudain, en mars, Franz s'effondre. Il travaille trop, le bureau, l'usine d'amiante, les lectures, sa correspondance avec Felice, avec Max, Oskar Baum, Felix Weltsch, Ernst Weiss, avec ses sœurs ne lui laissent pas de répit, ses insomnies redoublent, sa santé se délabre. Son roman piétine.

À Max, il confie les doutes qui l'assaillent. Mais son ami de toujours s'est marié avec Else, et un ami marié n'est plus un ami. Franz souffre de ne plus voir Max tous les soirs, de ne plus voyager avec lui.

Sa deuxième sœur, Valli, s'est mariée elle aussi, le 12 janvier. Il se sent de plus en plus seul. Un homme sans épouse n'est pas une créature humaine, cet anathème du Talmud le poursuit.

Felice est son seul port d'attache. S'il veut rester accroché à elle, il ne peut plus se contenter de lui écrire, il ne peut plus se dérober. En mars, le voyage à Berlin devient une nécessité.

Cette première visite de Franz à Berlin, plus de sept mois après leur rencontre, quelques lignes suffisent à la raconter. Une visite éclair qu'il annonce comme problématique, qu'il annule, puis met en balance : « Toujours pas décidé. » Et qu'il confirme le vendredi soir, en express.

Le samedi 22 mars 1913, il se jette les yeux fermés dans le train. Lorsqu'il les rouvre à Berlin, il est dix heures et demie du soir, Felice n'est pas sur le quai. Ivre de fatigue, il a voyagé selon son habitude en troisième classe, Franz se rend à l'hôtel *Askanischer Hof*. Aucun mot de bienvenue ne l'y attend. La gorge nouée d'angoisse à l'idée de voir dans sa réalité la femme qui lui écrit depuis sept mois, il ne peut trouver le sommeil.

Le lendemain, dès huit heures et demie, il lui envoie un message : « Que s'est-il donc passé, Felice ? Me voilà à Berlin, je dois repartir cet après-midi à 4 ou 5 heures, les heures passent et je n'ai aucune nouvelle de toi. Je t'en prie, envoie-moi une réponse par l'intermédiaire de ce gamin. » Le cycliste revient avec ces mots : « Je te téléphonerai dans un quart d'heure. »

Il est près de onze heures lorsqu'ils se retrouvent, émus et gênés. Il la serre dans ses bras, un baiser furtif sur la joue. Ils vont se promener au *Tiergarten*, il fait frais, les arbres bourgeonnent à peine. Felice doit assister à midi à un enterrement. Elle ne veut pas être en retard, ils courent comme des fous, c'est le meilleur moment de leur rencontre, ils rient, leurs mouvements sont plus libres, ils se tiennent par la main. Arrivés au cimetière, ils se séparent.

Franz voit la jeune fille disparaître entre deux messieurs inconnus dans le cortège qui s'ébranle. Sur le moment, il n'a pas l'idée de la suivre, de rester à ses côtés. Ils ont eu juste le temps de convenir d'un rendez-vous téléphonique à trois heures, et d'une promesse : Felice l'accompagnera à la gare. Il déjeune, rend visite à un bon ami à lui, l'écrivain et chirurgien Ernst Weiss ; il rentre à l'hôtel bien avant trois heures. L'attente commence. Assis dans le hall, il regarde la pluie tomber, une pluie fine, froide qui persistera jusqu'au soir. Il pense à sortir acheter un journal, le *Berliner Tageblatt.* Mais il craint d'y trouver un fait-divers qui le bouleverserait. Il ne s'est pas remis de la lecture récente d'un compte rendu de procès : une certaine Marie Abraham, vingt-trois ans, poussée par la faim et la misère, a étranglé sa fille Barbara, âgée de neuf mois, avec la cravate d'homme qui lui servait de jarretière. Cette image, la jeune mère brisant le cou de son bébé, le poursuit. Lui qui ne pleure jamais a sangloté devant ces quatre lignes.

Il pourrait aller dans un café, lire, écrire. Mais non, il reste cloué sur sa chaise, près du téléphone, comme la sentinelle dans sa guérite.

Berlin est une ville qu'il connaît ; il aimerait y vivre s'il trouvait la force d'échapper aux griffes de Prague, et de sa famille. En 1910, il a assisté à une représentation d'*Hamlet*, qu'interprétait Bassermann. Il le revoit, seul sur scène. Il se souvient de sa voix presque glacée qui faisait vibrer la salle. Il imagine les raisons pour lesquelles un acteur d'un aussi grand talent a accepté de jouer dans *L'Autre*, un film très médiocre, qu'il a vu avec Max.

Peut-être somnole-t-il quelques instants, peut-être Karl Rossmann est-il venu s'asseoir à ses côtés, peut-être vole-t-il autour de lui-même à la manière d'un oiseau chassé de son nid.

À quatre heures, il court à la gare, patrouille le quai dans les deux sens. Le train démarre, Felice n'est pas venue. La pluie qui tombe toujours a pu l'en empêcher, se dit-il, mais personne n'a pu l'empêcher de me téléphoner.

Un voyage de seize heures pour l'entr'apercevoir. Et il n'a pas osé lui dire ce qu'il devait lui dire. À plusieurs reprises il l'avait, en vain, laissé sous-entendre dans ses lettres. Felice n'a rien voulu comprendre, rien voulu soupçonner. Devant elle, il est resté muet.

De retour à Prague, durant plusieurs jours, il tourne autour du pot, incapable d'exhaler son « grand aveu ». Le 3 avril, il trouve la force d'écrire, sans la moindre formule d'appel, de but en blanc, comme s'il s'adressait non à Felice mais à lui-même, comme s'il lui fallait se délivrer des mots qui l'étouffent :

« Le vrai objet de ma peur – on peut rien dire ni rien entendre de pis, lui écrit-il –, c'est que je ne pourrai jamais te posséder. Dans le meilleur des cas, je devrai me contenter, tel un chien éperdument fidèle, de baiser la main que tu m'abandonneras distraitement, ce qui ne sera pas un acte d'amour, mais le signe du désespoir de l'animal condamné au mutisme et à une distance éternelle. Je sentirai près de moi le souffle vivant de ton corps, tout en étant plus éloigné de toi que je ne le suis à cet instant, dans cette chambre. Je resterai à jamais exclu de toi. »

Il signe et il relit ce qu'il pense être son arrêt de mort.

Il s'apprête à se mettre au lit, commence de se déshabiller lorsque sa mère frappe deux petits coups à sa porte :

— Je peux entrer ?

Il lui sourit :

— Tu ne me déranges pas.

Cette arrivée tardive, et inhabituelle, a des allures de coup de théâtre.

— As-tu écrit à ton oncle Alfred ?

Il rassure sa mère :

— J'ai posté ma lettre hier.

Enhardie par cette bienveillance, sa mère s'approche de lui et dépose sur sa joue un baiser d'adieu pour la nuit, geste qui ne s'est pas produit depuis des années.

— C'est bien ainsi, dit Franz, et il effleure la main de sa mère.

— Je n'ai jamais osé, répond-elle, je croyais que tu n'aimais pas, mais si tu aimes, moi aussi j'aimerais beaucoup le faire.

Émue, elle s'esquive. La porte refermée, Franz se rassoit à son bureau, retire de l'enveloppe sa lettre et y ajoute un post-scriptum. Il raconte à Felice l'entrée inopinée de sa mère, les mots échangés, son baiser. Fixer un fragment de vie, un instantané, suffit à modifier son humeur, à lui rendre sa liberté d'écrivain.

Le lendemain, fier de son audace, il annonce à Max :

— Hier, j'ai envoyé à Berlin mon grand aveu ! C'est vraiment une martyre !

La réaction de Felice ?

« Tu t'éloignes de moi, alors que tu m'es devenu indispensable.

— Je te suis indispensable ? »

Franz exulte, il n'a plus lieu de trembler, il n'a pas reçu la réponse que sa lettre méritait. Il soupire d'aise :

« Moi, chérie, je m'éloignerais de toi ? Moi, qui ne respire qu'en toi ? Je te cherche partout ; dans la rue, de petits gestes des gens les plus divers me rappellent ton image. Moi, je m'éloignerais de toi, moi qui me consume de désir pour toi ? »

Il ose lui avouer que tandis qu'il se lavait les mains dans le corridor obscur, ce matin même, il a ressenti un si violent désir en pensant à elle qu'il a dû aller à la fenêtre... chercher de la consolation dans le ciel gris.

Felice a dû être choquée par cette image : Franz se masturbant devant les nuages, puis elle s'est sans doute demandé : s'il bande en pensant à moi, pourquoi me répète-t-il avec une si humiliante obstination qu'il ne pourra jamais me posséder ?

Elle n'ose pas lui poser la question. Elle est dans l'impossibilité de parler, ou d'entendre parler de sexualité. Son éducation, son milieu le lui interdisent. Lorsque, chez les Brod, Franz avait évoqué ses vacances à Jungborn, au milieu des naturistes, elle avait senti sa peau se hérisser : des gens complètement nus, avait-il dit, se promènent entre les arbres, s'étirent, courent, se grattent, se frottent, tous nus. Cette image, aujourd'hui encore, lui donne la nausée. Franz, Dieu soit loué, avait précisé qu'il n'avait jamais retiré son caleçon de bain.

Les semaines suivantes, plus il se fustige, plus Felice s'entête à ne rien comprendre. Il la supplie :

« Ne ferme pas les yeux, ne t'abandonne pas à des illusions, je ne changerai jamais. Mon besoin d'une correspondance ininterrompue avec toi n'a pas son origine dans l'amour, mais dans ma malheureuse disposition d'esprit. »

Elle jure que ce n'est pas par pitié, comme il le croit, qu'elle continue à lui écrire. Elle est liée à lui.

De guerre lasse, ils passent à d'autres sujets. On parle des petits riens de la vie, des amis, des livres, du temps. Felice a promis de prendre des leçons de natation, Franz se désole qu'elle ne fasse aucun progrès. Il lui demande :

« Apprends-tu à l'aide d'une perche ou sur un appareil ? »

Il lui décrit son nouveau voisin, un Tchèque qui écrit des romans érotiques, un homme splendide et digne d'envie, avec une barbiche très française, un chapeau mou de Montmartre, et une pèlerine sur le bras. Un autre jour, il mentionne qu'il a cassé son beau miroir à barbe. Il en a tremblé de colère.

Felice souffre des dents, Franz s'inquiète. Le jour où le dentiste lui arrache une molaire, il s'alarme, n'en dort plus. On s'étourdit.

Le triomphe du temps et de la désillusion[1]

« Vraiment tout est comme avant, je t'en prie, pas de soucis inutiles », lui a écrit Felice, agacée par l'insistance de Franz. Tout est comme avant a un son merveilleux. Mais Franz est persuadé du contraire, même lorsque Felice réussit à l'ébranler jusque dans ses convictions les plus fermes. Il a tenté de l'éloigner dans l'espoir de lui épargner de plus grandes souffrances. Il a échoué. Il en est profondément soulagé – il aurait sombré si elle l'avait congédié (congédié est le terme qu'il emploie), et il est torturé qu'elle ne l'ait pas fait. Il lutte contre ses crises d'angoisse, ses accès de désespoir. Les forces qu'il lui « faut mettre en œuvre pour se maintenir en vie, et garder sa tête, auraient suffi, ironise-t-il, à édifier les Pyramides ».

Pour remédier à sa neurasthénie, il décide de prendre des leçons de jardinage. Le travail manuel l'apaise, il le sait. Il y a un an ou deux, il s'était essayé à la menuiserie. Il en avait tiré un grand bienfait. Tout lui plaisait dans ce

1. Titre d'un oratorio de Haendel.

métier, l'odeur des copeaux de bois, et même le ronron de la scie. L'atelier était inondé de lumière, les artisans, des gens calmes, robustes, concentrés sur leur tâche, peu bavards, de bonne compagnie. À regret, il avait abandonné cette occupation, faute de temps.

En cette fin d'après-midi, il se rend pour la première fois à Nusle, une banlieue populaire de Prague. Il découvre, en descendant du tramway, un paysage de maisons modestes entourées de potagers sans la moindre clôture. Beaucoup d'animation autour de lui. Les enfants s'amusent dehors, se disputent les balançoires américaines, des jeunes filles chantent et dansent autour des carrousels, on entend jouer une fanfare, des grappes d'ouvriers rentrent du travail, bavardent et boivent une bière, avant de se mettre à sarcler leurs plates-bandes.

Le maraîcher l'attend devant son jardin, à l'endroit convenu. Il lui remet une bêche, lui montre comment la manier : d'abord la position des jambes, légèrement écartées et fléchies, l'inclinaison du dos, plus souple, la nuque est trop raide.

— Faites levier avec la bêche, arrachez tout.

L'homme regarde les mains blanches et fines de son client, un homme oisif à n'en pas douter, il ne tiendra pas.

— Des mouvements courts, plus lents, il ne faut pas s'abîmer les reins. Servez-vous de votre pied pour enfoncer.

Franz n'a que sa chemise sur le dos. Il fait froid, une pluie fine, une pluie intermittente d'avril s'est mise à tomber. Il n'en continue pas moins à attaquer et ébranler cette terre grasse. Bientôt, il transpire, il a des ampoules aux mains mais ne sent qu'une bienheureuse fatigue. « Ce travail stupide, honnête, utile, muet, solitaire, sain, écrira-t-il le soir même à Felice, n'est pas dépourvu de signification pour quelqu'un qui s'est laissé continuellement attaquer et ébranler au cours d'une vie passée à une table de travail. » Aujourd'hui encore, il a dans l'oreille le bruit du craquement de la terre.

Sa stature est un peu plus lourde, plus droite, ce qui fortifie le sentiment qu'il a de sa dignité. « Je me sens, dit-il à Max, comme une Mégère que l'on aurait apprivoisée. »

Il respire mieux parce que Felice ne l'a pas remplacé. Il a eu si peur ! En déplacement pour une exposition professionnelle, elle a rencontré à Francfort beaucoup de monde, et n'a répondu à aucune de ses lettres. Franz a imaginé qu'un jeune homme solide, bien habillé, sain et gai avait pris sa place. Il a vécu l'enfer de l'abandon. Il a perdu la tête, a couru chez son bon Max :

— Je t'en prie, écris à Felice, il faut que je sache…

La peur de la perdre l'étranglait. Le lendemain, il recevait quelques lignes. La vie refluait.

« Aime-moi un peu, Felice. Sens-tu comme je t'aime ? Le sens-tu ? » lui déclare-t-il, oublieux des mille avertissements qu'il n'a cessé de lui seriner.

Depuis ce jour, il demande, il exige une deuxième rencontre à Berlin pour la Pentecôte.

« Il faut, il faut que je te voie, Felice. »

Il accepte tout. Rencontrer tes parents ? Chez eux ? Pour la réception qu'ils donnent à l'occasion des fiançailles de ton frère, Ferry ? D'accord. D'accord sur tout.

Il s'inquiète déjà de savoir ce qu'il devrait porter pour cette visite : un costume noir ? Il lui serait plus agréable de se présenter en costume d'été ordinaire.

« Dois-je apporter des fleurs à ta mère ? Et quelle sorte de fleurs ? »

Un flot de questions. Il revient si souvent sur le sujet dont Felice ne veut plus entendre parler, il la prie avec tant d'obstination de mieux réfléchir que Felice écrit moins souvent. Dans ses lettres brèves, laconiques, il ne voit que ces mots : « En hâte », « Une fois de plus en hâte ».

« Mes yeux me font mal rien qu'à les lire.

— C'est toi qui me fais du mal, je suis triste et lasse », répond-elle.

Triste et lasse. Comment ne le serait-elle pas ? Les indécisions de Franz, ses contradictions, sa tyrannie, ses exigences, ses plaintes ont épuisé sa résistance.

En le présentant à sa famille, la jeune fille l'engage sur la voie des fiançailles, il le sait. Pour le moment, il n'a qu'une seule préoccupation : Felice n'a pas suffisamment, ou pas du tout réfléchi à l'aveu qu'il lui a envoyé. Sa légèreté à n'en pas tenir compte l'obsède, plombe leur avenir.

Qu'attend-il d'elle ? Soit qu'elle le chasse de sa vie, soit qu'elle accepte une vie conjugale sans coït, qu'elle le libère d'une obligation dont il se sent incapable. Il suggère même qu'ils ne vivent pas dans la même ville. En discuter avec elle est la véritable raison de cette deuxième rencontre.

Il arrive à Berlin le dimanche 11 mai 1913, au petit matin. Il en repartira le lundi 12 au soir. C'est la Pentecôte, le temps est doux, printanier. En milieu d'après-midi, il arrive chez Carl et Anna Bauer. Les genoux flageolants, il traverse leur salon pour aller au-devant de Felice. Il est alors parcouru d'un frisson d'horreur. Il voit de l'or briller dans la bouche qu'ouvre sa bien-aimée en le saluant : « l'éclat de cet or, à cet endroit si inapproprié, un éclat proprement infernal, et cette porcelaine d'un gris jaune » l'épouvantent, il baisse les yeux, ne pense qu'à fuir. À cet instant précis, une certitude traverse son corps, non, jamais il ne pourra posséder cette jeune fille.

Dans ce salon, il y a beaucoup de monde. Franz est dans un tel état de confusion qu'il se persuade que ceux qui l'entourent sont gigantesques et qu'ils regardent d'un air résigné sa petitesse à lui. Felice, très gaie, papillonne de l'un à l'autre. Dès qu'elle se trouve près de Franz, elle perd son entrain, détourne les yeux, supporte son silence ou les paroles stupides qu'il laisse échapper. Elle lui trouve mauvaise mine :

— Tu as l'air surmené, dit-elle.

Il ne l'entend pas. Le regard soupçonneux que Mme Bauer pose sans cesse sur lui le terrorise jusqu'à lui faire perdre la tête. De noir vêtue, triste, aux aguets, immobile, étrangère au milieu des siens, Mme Bauer regarde d'un œil réprobateur, voire méprisant, l'énergumène dont sa fille s'est entichée. Un homme qui lui paraît tantôt malade, tantôt absent, bête le plus souvent.

Et voilà que face au plantureux buffet dressé dans la salle à manger, face aux invités stupéfaits, Franz sort de son mutisme. D'un ton excité, il se vante d'être végétarien ; ostensiblement, il ne prend que quelques légumes, ne boit que de l'eau. Seule Erna, la sœur de Felice, lui témoigne de la sympathie. Les autres lui tournent le dos.

Devant le vide qui se crée autour de lui, il prend conscience du désastre. Il n'a pas réussi à arracher un baiser à Felice. Qui ne lui en a guère donné la possibilité. Lorsque, défait et l'air hagard, il se résout à partir, à quitter cette réception, Felice le raccompagne jusque dans le corridor. Franz saisit sa main, ôte son gant, lui baise la paume. Il croit voir sur le visage de la jeune fille une grimace hostile. Il s'enfuit, la tête lui tourne, quelque chose est en train de se rompre dans sa poitrine.

Le lendemain matin, ils se voient seuls quelques instants dans la rue. Felice, lointaine, maussade, ne sait plus où elle en est. Ses parents, son frère, ses proches, ses amis brûlaient de connaître ce jeune homme « aux deux cents lettres » qui se consume d'amour. Ils n'ont vu qu'un fantôme. Ils cachent mal, ou pas du tout, leur déception. Sur le trottoir, Felice, raide, le visage fermé, les yeux fuyants manifeste son ennui. Désemparé, Franz ne trouve aucun des mots qu'il est venu lui dire.

« Sans elle, je ne peux pas vivre. Avec elle non plus », c'est ce qu'il a en tête au moment où il jette ses vêtements dans son sac. Il a regagné sa chambre d'hôtel, à l'*Askanischer Hof*, qu'il s'apprête à quitter pour rentrer à Prague. Il ne peut pas posséder cette femme, mais rêve d'être logé en elle, ou qu'elle le soit en lui. Cette séparation en deux êtres distincts lui est intolérable.

De retour chez lui, il lui écrit le lendemain matin, et presque tous les jours qui suivent (les 12, 13, 16, 18, 23, 24, 25, 27 et 28 mai) et presque tous les jours de juin (1, 2, 6, 7, 10, 13, 15, 16, 17, 19, 20, 22, 23, 26, 27, 28, 29). Et en juillet, encore seize lettres. Toutes l'adjurent à plus de réflexion, à plus de franchise, de maturité. C'est à peine si à la dernière ligne d'une page il mentionne un détail dépourvu de la moindre importance : « Je suis en train de corriger les secondes épreuves du premier chapitre de mon roman américain, *Le Soutier, un fragment*, qui paraîtra dans une collection bon marché, 80 pfennigs. »

« Mais, ajoute-t-il, dès que je parle d'autre chose que de toi, je suis perdu. »

Non seulement Felice ne lui a rien dit de ses textes mais elle ne lui a même pas signalé les articles très élogieux parus dans la presse allemande, c'est lui qui s'abaisse à les lui demander dans l'espoir qu'elle les lise, qu'elle ait une meilleure opinion de ses talents d'écrivain.

Non seulement elle ne veut plus entendre parler de son horrible aveu, mais elle ne croit pas un mot de ce qu'il lui dit, elle rejette sans les examiner les arguments qu'il lui oppose avec une précision et un entêtement irritants. Ne lirait-elle plus ses lettres ?

Le 16 juin, coup de théâtre : après un interminable plaidoyer, il lui demande pour la première fois :

« Veux-tu être ma femme ? Le veux-tu ? »

Ces deux points d'interrogation semblent lui clouer la main. Il est dans l'incapacité d'écrire un mot de plus ce jour-là, le lendemain, et le surlendemain. Cette proposition semble l'anéantir. Ce n'est que le quatrième jour qu'il peut reprendre la confession qu'il adresse à celle qui fut sa fiancée à la seconde où il la vit.

Il termine sa lettre par cette singulière déclaration :

« Je m'empresse d'ajouter que j'ai une peur insensée de notre avenir et du malheur qui pourrait découler de notre vie commune. »

De cette demande en mariage, il est clair qu'il escompte un refus. Chacune de leurs rencontres à Berlin, catastrophiques, l'a persuadé que Felice doute de l'attachement qu'elle lui porte. Or, elle accepte de l'épouser. Petite-bourgeoise, elle le prie, bien qu'elle ait vingt-sept ans, de demander officiellement sa main à son père. Elle tient absolument à ce respect des convenances.

Cette lettre, il promet à plusieurs reprises de la rédiger, mais remet ce pensum de jour en jour, de semaine en semaine. Il a mieux à faire. Dérouté par l'acceptation de Felice, il se lance dans le plus étrange des procès. Jamais avocat plaidant contre lui-même n'a été plus éloquent, n'a exposé autant d'arguments décisifs. Il lui faut perdre ce procès où se joue son avenir d'écrivain. Sa vie en dépend.

Sa plaidoirie, commencée sur un ton mineur, enfle jusqu'à assourdir Felice. À la jeune fille qui vient de lui dire :

« Oui, je veux être ta femme. »

Il répond :

« Ainsi tu veux, malgré tout, prendre cette croix sur toi, Felice, tu veux tenter l'impossible ?

— Oui, tu seras un gentil mari.

— Tu te trompes, tu ne pourrais pas vivre deux jours auprès de moi. Je suis un ver mou rampant sur le sol, je suis taciturne, insociable, triste, bougon, égoïste, hypocondriaque. Supporterais-tu de mener la vie monacale que je mène ? Je passe la majeure partie de mon temps enfermé dans ma chambre, ou je cours les rues tout seul. Supporterais-tu d'être complètement séparée de tes parents, de tes amis, et même de toute autre relation puisque moi je ne puis absolument pas concevoir la vie commune autrement ? Je veux éviter ton malheur, Felice, sors du cercle maudit où je t'ai enfermée, aveuglé comme je l'étais par l'amour. »

Il met en avant l'éternelle calamité de sa fatigue. Elle, qui est si robuste, ne reconnaît pas qu'il est en mauvaise santé ?

« Entre toi et moi, insiste-t-il, il y a le médecin. Je n'ai aucune résistance, les insomnies et les maux de tête ont ruiné mes forces.

— Laisse cela, lui répond Felice, cesse de me torturer. »

Il lui décrit alors ce que sera leur vie conjugale :

« Tu ne pourras pas t'appuyer sur moi : je quitte mon bureau vers 3 heures, je déjeune et ensuite je dors jusqu'à 6 ou 7 heures, j'avale quelque chose, et je m'enferme dans mon bureau. Tu supporterais un tel mari ?

— Oui.

— Réfléchis bien, Felice, réfléchis bien ! Tu perds Berlin, ton bureau, le travail qui te plaît, une vie presque exempte de soucis, la vie au sein de ta famille. À Prague, une ville de province, tu entendras une langue qui t'est inconnue, tu auras un ménage de petits-bourgeois, pas de relations mondaines, tu devras te passer de belles robes, voyager en troisième classe, avoir de mauvaises places au théâtre. »

Il l'avertit d'un autre danger : comme il n'y a de bon en lui que la littérature, leurs moments libres, leurs nuits, leurs vacances il les passera à écrire, la laissant à sa solitude.

— Je connais ton penchant pour la littérature.

— Mon penchant ? (L'indignation l'étrangle.) Mon penchant ? Je hais tout ce qui n'est pas littérature ! Si je devais cesser d'écrire, je cesserais de vivre.

Lassée de ce harcèlement, Felice interrompt cette vaine et épuisante correspondance. Rien n'est résolu lorsque, d'un commun accord, ils décident de prendre leurs vacances séparément. Elle au nord, à Sylt, une île de la Baltique. Lui au sud, en Italie.

Riva, l'intermède italien

Le 6 septembre, Franz accompagne à Vienne son directeur ; le docteur Robert Marschner a une très haute opinion de son collaborateur[1] ; et Franz admire cet homme (mais devant qui ne s'incline-t-il pas !) parce qu'il tape si vite à la machine, et partage son goût de la poésie. Un jour, alors que des plaignants se pressaient dans les couloirs, attendant d'être reçus, on a entendu Franz et Robert, enfermés dans un bureau, lire des poèmes à voix haute.

Ensemble durant une semaine, ils participent au Congrès international des organisations de secours et d'hygiène. Ce 6 septembre, se tient également le XIe Congrès sioniste, auquel participe la fille de Theodor Herzl. En curieux, Franz assiste à quelques séances. Il en sort déçu, il n'a entendu que les habituelles criailleries. Il en donne un compte rendu désolant à Max, actif militant sioniste.

Le 14 septembre, il quitte Vienne qu'il n'aime pas. « C'est, dit-il, un énorme village moribond

1. Plusieurs textes professionnels de Kafka sur l'assurance dans les professions du bâtiment, ou sur la prévention des accidents du travail ont été conservés.

où les gais deviennent tristes et les tristes encore plus tristes. »

Enfin en vacances, il descend seul à Trieste et gagne Venise en bateau. Une tempête se lève, il souffre du mal de mer et, lorsqu'il débarque dans la Cité des Doges, il pleut à verse. Trempé jusqu'aux os, il court d'une église à l'autre, c'est à peine s'il distingue les façades des palais, noyées dans des nappes d'eau grise. Deux jours d'une tristesse à mourir. À Vérone, c'est pire. Il ne rencontre que des couples enlacés. « L'idée d'un voyage de noces, écrit-il dans son *Journal,* m'emplit d'épouvante. N'importe quel couple m'est un spectacle odieux. Si je veux me donner la nausée, je n'ai qu'à m'imaginer avec une femme, le bras posé sur sa hanche. »

Il se réfugie dans un cinématographe, et le film qu'il voit (il n'en donne pas le titre) lui arrache des larmes.

De cette cité des amants, il envoie quelques lignes qu'il pense être les dernières :

« Que faire, Felice ? Il nous faut prendre congé l'un de l'autre. »

Place à l'intermède.

Un intermède italien sur les bords enchanteurs du lac de Garde, à Riva. C'est un automne lumineux, tiède, les couleurs de l'eau et des jardins sont tendres, à peine voilées de brume. Franz s'est installé dans une maison de repos où le docteur von Hartungen propose des cures d'hydrothérapie. Devant le lac s'alignent des chaises longues où les curistes passent de longues heures au soleil.

Franz se baigne et nage longuement tous les jours.

Les repas se prennent en commun autour d'une grande table. L'obligation de converser avec son voisin, un général à la retraite qui l'assaille de questions, aggrave l'état de vide et de désolation dans lequel il est plongé.

Au début de la deuxième semaine, à l'heure du déjeuner, vient s'asseoir à son côté une très jeune fille dont les cheveux châtains sont retenus par un ruban rouge. Elle porte une robe de velours grenat ornée d'un col de dentelle blanche, elle a la fragilité, l'innocence troublante d'une enfant, ses joues et son cou ronds s'empourprent lorsque, soudain volubile, il l'interroge. Il semble fasciné par la perfection et la blancheur de ses dents, le velouté de sa peau, il brûle de dénouer le ruban, d'effleurer les boucles qui tombent sur ses épaules.

C'est une étrangère, une Suissesse installée à Gênes. Très mince, gracile, immature, Gerti Wasner a tant de charmes, tout est si délicat en elle, ses poignets, ses chevilles, l'ovale de son visage et l'ombre de ses longs cils, elle est si différente de la robuste et ingrate Felice, et si jeune, si divinement jeune, que Franz ne la quitte plus. Ensemble, ils font du canotage sur le lac, c'est lui qui rame, ébloui par Gerti, par son regard brillant dont l'éclat ne s'éteint jamais. Ils se promènent le long de la rive. Pour la sieste, ils choisissent des chaises longues côte à côte. Il lui parle de Felice, de leur rupture, de sa vie routinière à Prague. Un jour, il lui fait la lecture. Il sait, par expérience, combien les jeunes filles sont sensibles aux inflexions de sa voix, aux regards qu'il lève sur elles pour s'assurer qu'elles entrent dans la nasse qu'il leur tend, et y restent prisonnières. Il a choisi de lui lire *La Dame de pique*.

— Qui est cet Alexandre Sergueievitch Pouchkine ? lui demande la jeune fille lorsqu'il referme le livre.

Elle ne sait rien et veut tout apprendre de cet écrivain. Franz lui aussi aime connaître intimement la vie des hommes illustres. Il évoque les origines du poète, Hannibal, l'arrière-grand-père éthiopien, un Noir dans cette Russie si blanche, un Noir qui fut le filleul de Pierre le Grand.

Il récite à Gerti quelques vers des recueils qu'il préfère, *Le Convive de Pierre*, *Le Cavalier de bronze* ; il y en a tant, chacun d'un style différent. Il décrit la vie brillante de Pouchkine, ses succès littéraires, ses exils politiques, et sa mort, ce duel tragique.

— Pourquoi ? Avec qui ?

— Pouchkine avait une épouse trop belle, Natalia Gontcharova, un nom splendide, n'est-ce pas ?

Il le répète en se délectant de chaque syllabe.

— D'Anthès, un aristocrate français trop entreprenant, lui fait la cour et le cœur trop jaloux de Pouchkine y voit un outrage. Duel. D'Anthès lui transperce le poumon, quarante-six heures d'agonie, le peuple de Saint-Pétersbourg en prières sous les fenêtres du poète. Il meurt dans d'atroces souffrances, et ses dernières paroles : « La vie est finie. J'ai peine à respirer. » Il a trente-huit ans.

Gerti est émue. Il ne l'est pas moins. Les j filles ont sur lui, depuis toujours, un ét pouvoir. Elles l'attendrissent parce que leu tin, en devenant femmes, est de perdre leur beauté, l'innocence de leur grâce. Il ne peut céder au besoin d'admirer une jeune fille qui en est digne, et de l'aimer jusqu'à l'épuisement de son admiration.

De Gerti, il veut tout savoir : d'elle, de sa famille, de la Suisse, de Gênes. Il est attentif à ses moindres désirs et si prévenant que la jeune fille découvre et explore les limites de son pouvoir. Ils jouissent des désirs que chacun fait naître en l'autre.

Depuis qu'il l'a rencontrée, Franz n'est plus le même. Il plaisante, invente des histoires, imite la démarche de certains curistes, ou la voix chevrotante du général à la retraite. Gerti rit, la tête renversée en arrière. Pour la première fois, dit-il, il comprend une jeune fille chrétienne et il vit presque entièrement dans sa sphère d'activité.

Sa sphère d'activité ? Fait-il allusion aux jeux que lui propose Gerti et auxquels il se prête de bonne grâce, si enfantins soient-ils ? Le soir, lorsque chacun regagne sa chambre, Gerti, qui loge au-dessus de lui, laisse pendre de sa fenêtre un long ruban que Franz serre dans sa main. Ils penchent leur tête dans le vide pour s'apercevoir. Ce ruban qu'ils tiennent chacun d'un bout est un lien suffisamment fort pour les troubler. Certains soirs, Franz cogne au plafond et attend que Gerti lui réponde. Allongé sur son lit, immobile, l'oreille aux aguets, il l'entend marcher au-dessus de sa tête, chantonner, tousser. Il suit chacun de ses pas jusqu'à ce qu'elle s'endorme.

Ils ne disposent que de dix jours. Ensuite chacun repartira de son côté et tout sera fini. Des amours sans lendemain, sans angoisse, sans étreinte, des amours chastes, des regards qui les vrillent et les mettent au bord du tremblement. Franz n'a connu pareil enchantement qu'une seule fois, un seul été : elle s'appelait Selma, elle avait quinze ans, lui, dix-sept.

Gerti sait que Franz est un écrivain. Un jour, il lui demande si elle aime les contes de fées, il voudrait en écrire pour elle. Il ne lui dit pas qu'à cet instant il l'imagine assise dans la salle à manger, tenant ses contes cachés sur ses genoux, sous la table. Il la voit les lire entre les plats et rougir terriblement. Terriblement ? Pourquoi ? Penserait-il à des contes libertins ?

À sa proposition, Gerti oppose un refus catégorique. Elle lui fait jurer trois promesses :

— Nous ne nous reverrons jamais. Nous ne nous écrirons jamais, pas même une ligne. Vous n'écrirez rien sur moi et vous n'en direz rien.

Franz a tenu parole. À toutes les questions de Max, il a refusé de répondre. Dans son *Journal,* il n'a inscrit que les initiales de la jeune fille, GW (dont l'identité ne fut découverte que des décennies plus tard).

Le peu que l'on sait de cette brève rencontre vient de son *Journal,* à peine dix lignes durant ces deux semaines, et de la lettre qu'il adresse à Felice, trois mois plus tard, le 29 décembre, lorsqu'il avoue à sa fiancée, avec sa franchise habituelle, assez rude, qu'il a été amoureux de cette jeune Suissesse, presque une enfant, dix-huit ans, qu'il a tenu beaucoup à elle, mais qu'ils n'étaient pas faits l'un pour l'autre. Le jour de son départ, précise-t-il, la jeune fille avait du mal à retenir ses sanglots, et lui ne valait guère mieux.

Pourtant, cet épisode l'a convaincu qu'au fond de lui-même il n'aspirait à rien d'autre… qu'à épouser Felice.

De ce séjour, il garde un regret. Les jeux de ruban auxquels il s'est livré avec Gerti l'ont frustré du plaisir qu'il aurait pu prendre avec la Russe, la jeune fille qui habitait la chambre en face de la sienne. Chacun des sourires qu'elle lui adressait, chacun de ses sous-entendus était une invite.

Lorsqu'il quitte Riva, il est un peu plus sûr de lui. Et sous les cheveux qui grisonnent, le regard s'est adouci.

Grete Bloch ou le premier trio

C'est Felice qui prend la décision de rompre un silence de deux mois, un silence qui ressemblait à une rupture définitive. Dans sa lettre du 23 octobre 1913, elle annonce à Franz l'arrivée à Prague d'une de ses amies, et la mission de réconciliation dont elle l'a chargée. Elle lui demande, en outre, de venir à Berlin dans les jours qui suivront cette rencontre.

Franz a reçu trois lettres de l'inconnue que Felice lui a dépêchée. Trois lettres laissées sans réponse. Comment Felice a-t-elle pu supposer qu'un émissaire tombé du ciel, qui ignore tout de leurs inextricables malentendus, pourrait les débrouiller par enchantement ? Comment a-t-elle pu nourrir cet espoir ?

Aller rendre des comptes à cette demoiselle, probablement d'un certain âge, grande, robuste et maternelle, il s'y refuse.

En même temps qu'il se dit non, je n'irai pas, une tentation se fait jour : celle d'introduire un nouvel élément ou un personnage, si secondaire soit-il, dans une intrigue qui s'enlise, et une scène qui se vide. Il souhaite rompre la routine, la monotonie des jours. Sa vie ressemble à ces pensums qui obligent l'écolier à écrire cent fois la même phrase absurde.

Qui est cette amie que m'envoie Felice, et dont elle ne m'a jamais parlé ? Après quelques jours d'hésitation, il répond à Mlle Grete Bloch :

« Je viendrai naturellement à votre hôtel, fixez l'heure qui vous convient. »

Et à Felice :

« Puisque tu le veux, j'arriverai à Berlin le samedi 8 novembre et j'en repartirai le lendemain vers 3 ou 4 heures. »

Un voyage inutile, il le sait, encore un voyage qui n'apportera aucune clarté, aucun point final à leurs conflits. En attendant, selon son habitude, il se pose plusieurs questions : comment cette Grete Bloch en est-elle venue à accepter cette mission ? Qu'est-ce qu'elle en escompte ? Où habite-t-elle ? Dans quel coin étire-t-elle ses membres avant de s'endormir ? Serais-je capable de faire ce qu'elle fait ? Qu'éprouverais-je ? Qu'est-ce qui lui arrivera quand elle sera vieille ? Ces réflexions l'agitent, et il a mal au ventre.

Il rencontre Mlle Grete Bloch le 1er novembre 1913 dans le hall de l'hôtel où elle est descendue, *Le Cheval noir*. Elle lui déplaît, il se méfie d'elle au premier regard. Elle porte une étole en fourrure voyante, qui ne lui va pas. Il a pour les fourrures une furieuse aversion, surtout pour celle-ci, à longs poils et doublée de soie.

Mais Mlle Grete Bloch n'est pas une matrone. C'est une frêle jeune fille, un peu singulière, beaucoup plus jeune que Felice. Vingt ans ? Des lèvres fines, un visage intelligent. Elle lève sur lui des yeux mélancoliques. Elle lui témoigne une déférence à laquelle il est sensible.

Comme elle l'encourage à faire le voyage à Berlin, indispensable à ses yeux, il se plaint :

— Chacun de mes voyages a été un désastre. Après chacune de nos rencontres, Felice est plus hésitante que jamais.

Mlle Grete Bloch a souri :

— Peut-être, docteur Kafka, devriez-vous lui écrire moins, et la voir plus ?

Au moment de la quitter, il accepte avec empressement le rendez-vous qu'elle lui propose pour le lendemain. Il ajoute :

— Mademoiselle, pourrais-je vous écrire à Vienne ? Votre mission n'est pas terminée.

À peine rentré de Berlin, le 10 novembre 1913, Franz envoie à cette jeune fille sa première lettre. Il lui écrit, précise-t-il d'emblée, avant d'écrire à Felice. Aveu si flatteur que l'amie de Felice glisse, peut-être sans s'en apercevoir, sur la pente de l'ambiguïté. Il lui relate, les détails abondent, son entrevue avec Felice. Sans laisser à Mlle Bloch le temps de répondre, il lui écrit le lendemain et les jours qui suivent. Felice, il est vrai, est au cœur de ces premières lettres : il espère apprendre de Grete les intentions secrètes de sa fiancée, connaître les raisons de ses hésitations, et surtout celles de son silence.

Après sa visite à Berlin, Franz n'a plus rien reçu de Felice. À ses lettres, à ses télégrammes, elle ne répond pas. Au téléphone, elle lui promet d'écrire le jour même, mais n'en fait rien.

Il demande à sa mère de lui envoyer un message, sans résultat. Il prie alors son ami, le docteur Ernst Weiss, qui habite Berlin, d'aller la trouver à son bureau pour forcer son silence. Il obtient une lettre de trois mots : « Je t'écrirai prochainement. » Il lui envoie quatre télégrammes, reçoit quatre promesses catégoriques, dont celle-ci : « Ma lettre est partie. » Rien n'arrive. « C'est inhumain », lui dit-il. Il lui envoie encore trois lettres, n'en reçoit aucune ; il interroge Grete :

« Savez-vous quelque chose et voulez-vous me le dire ? »

Il est en pleine confusion, d'autant que ses parents et lui déménagent. Ils s'installent dans la maison Oppelt. Tout est chamboulé. Il dort misérablement et travaille trop. À minuit et demi, par une nuit glaciale, les pieds entourés d'une couverture, il écrit une fois encore à Felice, la supplie : « Dis-moi "oui" ou "non", ça ne te coûtera aucun effort ; ne m'appelle pas "chéri" si tu ne m'aimes pas, ne m'envoie pas des pensées affectueuses si elles ne le sont pas. Rien qu'une toute petite lettre. Ce n'est pas une demande exagérée. Même au cas où tu ne me laisserais plus d'espoir, je continuerais à t'attendre ; te demander de m'écrire te cause beaucoup de souffrance, pas autant certes que m'en cause ton silence. Tu ne me juges pas digne d'un seul mot ? »

Le silence de Felice le conduit à déplacer et concentrer son attention sur Grete. C'est à elle maintenant qu'il livre ses réflexions, qu'il pose d'innombrables questions, c'est à sa « Chère Mademoiselle Grete » qu'il prodigue des conseils :

sur son hygiène de vie, (Faites de la gymnastique, apprenez à nager, dormez la fenêtre ouverte, supprimez la valériane, fréquentez les restaurants végétariens, il y en a de très bons près de chez vous, prenez le temps de mâcher pendant cinq minutes chacun de vos aliments), sur son travail, sur Vienne (Quittez cette ville au plus tôt, retournez à Berlin). Il attend ses réponses presque avec la même fièvre que celle qu'il éprouve lorsque tardent les lettres de Felice. Il lui demande d'être à Berlin lorsqu'il y sera, lui propose de la retrouver à mi-chemin tant son désir de la voir est grand.

Il multiplie les ambiguïtés. Lorsqu'il apprend que Grete est née un 21 mars, il l'appelle « l'enfant du printemps ». Il lui demande plusieurs photographies d'elle et de ses amies.

Durant l'année 1914, il adresse à Felice à peine vingt lettres, plus de soixante-dix à Grete. Il éprouve pour elle une forte attirance, et, fidèle à lui-même, ne s'en cache pas. Cette relation épistolaire, cette nouvelle intrigue l'équilibre, le sécurise.

Mais tandis qu'il chamboule le cœur de Grete, il s'accroche à Felice. Plus elle hésite, plus elle le repousse, plus il force sa décision. Il lui déclare :

« Je ne peux pas vivre sans toi, toi telle que tu es. »

Dans la nuit du vendredi 27 février 1914, il décide brusquement d'aller la surprendre à Berlin. Samedi matin, à peine descendu du train, il se rend, pour la première fois, au bureau de Felice. Planté devant le standard téléphonique, il attend qu'une secrétaire la prévienne de son arrivée. Il est heureux d'être là. Felice arrive, très étonnée de cette visite impromptue, mais le reçoit avec beaucoup de gentillesse. Ils restent un moment à parler debout, puis la jeune fille regagne son bureau où des gens l'attendent. Ils se retrouvent à midi dans une pâtisserie, passent une heure ensemble. Il la raccompagne jusque dans son bureau, car il désire voir la pièce dans laquelle elle travaille. En fin d'après-midi, ils se retrouvent et se promènent durant deux heures. Le soir, Felice n'est pas libre. Elle doit, pour des raisons professionnelles, assister à un bal.

— N'y va pas, passons la soirée ensemble. Nous avons encore tant de nœuds à débrouiller.

— Je ne peux pas me décommander à la dernière minute. C'est impossible. Voyons-nous demain, ma matinée est libre.

Dimanche, bras dessus, bras dessous comme les plus heureux des fiancés, ils déambulent durant plus de trois heures dans les allées du *Tiergarten,* entrent se restaurer dans un café où ils rencontrent le docteur Weiss. À sa vue, Felice fait la tête. Elle a tenté maintes fois de convaincre Franz qu'Ernst Weiss est haïssable et Ernst Weiss a tenté maintes fois de le convaincre que Felice est haïssable.

Au moment de quitter Franz, Felice lui promet formellement de l'accompagner à la gare en fin d'après-midi.

Sur le quai, il se contorsionne pour l'apercevoir. Le train s'ébranle. Une fois de plus elle n'est pas venue. Mais elle envoie un télégra[...] l'excuse s'appelle tante Marta.

Assis sur la banquette en bois d'un compartiment de troisième classe mal chauffé, bruyant, malodorant, Franz rumine chacun des propos que lui a tenus Felice lorsqu'ils déambulaient dans le parc. Tandis que les cahots du train le secouent et que sa tête cogne contre la vitre glacée, leur dialogue défile dans sa tête jusqu'à l'étourdir :

— Je t'aime bien, Franz, mais cela ne suffit pas pour se marier, je ne veux rien faire à moitié.

— Moi, je t'aime tellement que je suis prêt à t'épouser même si tu éprouves un sentiment très tiède pour moi. Je t'en supplie, Felice, dis oui, même si tu considères que ce que tu éprouves pour moi n'est pas suffisant. Mon amour pour toi est assez grand pour remplacer ce qui manque.

— J'ai peur de l'avenir qui nous attend ensemble. J'ai peur de ne pas pouvoir supporter tes bizarreries. Ton indécision : ce que tu veux maintenant, tu ne le veux plus l'instant d'après.

— Je suis bel et bien cousu dans ma peau et on ne peut rien changer à ces coutures.

— Avec toi, les surprises et les déceptions se suivent. J'ai peur de ne pas pouvoir me passer de Berlin, de ma famille, du bureau, de belles robes, de théâtre. J'ai réfléchi à tous les arguments que tu m'as tant de fois répétés. Tu avais raison, il me faudrait renoncer à trop de choses. De nous deux, c'est moi qui porterais le poids le plus lourd.

— J'en tire la conclusion que tu ne m'aimes pas du tout.

— Tu te trompes. Regarde le médaillon qui pend à mon cou. J'ai ta photo nuit et jour contre moi. Je n'épouserai personne d'autre que toi.

— Tu veux continuer à m'écrire ? Ou non ?

— À toi de décider. Je continuerais volontiers. Mais je serais aussi d'accord pour ne plus t'écrire.

— Tout serait fini et chacun reprendrait ses lettres et ses photographies ?

— Non. Je ne te rendrai ni tes photographies ni tes lettres. Jamais je ne les jetterai, et je ne reprendrai pas les miennes.

Il revoit leur couple allant et venant dans les allées du zoo. Lui gesticule et plaide sa cause, il est prêt à se rouler aux pieds de Felice ; elle semble pressée de mettre fin à une conversation qui l'agace.

Devant eux, dans d'immenses cages, perchés sur un arbre en ciment aux multiples ramifications, des singes cabriolent et se poursuivent avec frénésie ; ils poussent des cris qui mettent les nerfs à vif ; il revoit ces sagouins courir dans tous les sens exhibant leurs fesses rouge corail, leurs sexes dressés, leurs longues queues qui fouettent l'air.

Les amours lubriques des singes, leurs clameurs, leurs poursuites, leur impudeur irritent Felice :

— Franz, pour l'amour du ciel, cesse de quémander. Tu demandes toujours l'impossible. Ne t'accroche pas à chaque mot.

— Tu ne veux que m'humilier !

— C'est toi qui cherches l'humiliation ! Il n'y a qu'une chose qui t'intéresse, tu me l'as dit cent fois : infliger la torture ou la subir ! Moi, j'en ai assez d'être et ta victime et ton bourreau.

Elle s'impatiente. Elle veut partir. Il la retient. Elle lui oppose un silence où percent la haine, la répugnance. Elle regarde ailleurs, furieuse.

Ce film passe et repasse dans sa tête, les images se brouillent, il ne voit plus que des fesses corail. Elles tourbillonnent, occupent l'écran, les criailleries des singes et celles de Felice se mêlent, lui martèlent le crâne, le rendent fou.

De retour à Prague, il prend une décision qui tient à distance la tentation du suicide : s'il n'épouse pas Felice, il démissionne de son emploi, quitte Prague, s'installe à Berlin, devient journaliste.

En mars, Felice, une fois de plus, semble vouloir tout réparer :

— Oublie les mots malheureux que je t'ai dits dans le parc, j'étais surmenée, nerveuse, bouleversée par ce qui est arrivé à mon frère, Ferry. Tu sais combien je l'aime, je t'expliquerai de vive voix, c'est terrible ce qui lui arrive, il a dû quitter précipitamment Berlin. Franz, si tu me veux, si l'amour que j'ai pour toi te suffit, je veux bien être ta femme. Peux-tu me prendre comme si rien ne s'était passé ?

— Felice, je te prends avec tout ce qui s'est passé et je te garde jusqu'à en perdre l'esprit. Je t'aime jusqu'à la limite de mes forces.

Ils se revoient à Pâques pour des fiançailles officieuses. La rencontre des deux familles se déroule à Berlin, chez les Bauer. Encore de brèves et tristes retrouvailles. Les fiancés ne sont jamais seuls, Franz ne parvient même pas à embrasser Felice, qui ne semble pas regretter ses baisers.

Elle fixe leur mariage au mois de septembre. Il s'en étonne :

— Pourquoi attendre encore six mois ? Avançons la date.

Elle refuse.

L'annonce de leurs fiançailles officielles paraît dans les quotidiens de Berlin et de Prague. Franz, qui l'a rédigée, ironise : « Ces quatre lignes me font l'effet de porter à la connaissance du public que le dimanche de la Pentecôte, FK exécutera un numéro de patinage artistique au music-hall ! »

Désormais, il n'est question que de l'organisation de la réception, prévue le 1er juin.

Le 6 mai, Felice est à Prague. Elle visite le dernier appartement que Franz a trouvé, après avoir sillonné la ville durant des semaines. Il ne lui plaît pas. Les fiancés ne sont d'accord sur rien : ni sur le choix des meubles, ni sur la vie qu'ils mèneront. Felice exige qu'il mange de la viande, qu'il dorme dans une chambre bien chauffée, qu'il s'occupe davantage de l'usine d'amiante, qu'il cesse d'écrire la nuit. L'immense buffet qu'elle achète épouvante Franz :

— C'est un monument funéraire parfait, déclare-t-il.

Ce sont ses parents qui lui trouvent un bel appartement, ce sont eux qui versent au propriétaire six mois de loyer.

Est-ce qu'ils me coucheront aussi dans la tombe ? se demande-t-il.

Plus la date des fiançailles officielles approche, plus redoublent ses insomnies, ses maux de tête, ses angoisses.

Le 27 mai, Julie Kafka et Ottla, sa plus jeune fille, partent pour Berlin en éclaireurs. Franz et son père les y rejoignent trois jours plus tard.

Lundi de Pentecôte : brillante réception chez les Bauer. Invités nombreux, buffet fastueux mais la fiancée a l'air fatiguée, vieillie, sa peau est rugueuse, tavelée. Ses dents, encore en plus mauvais état, sont toutes aurifiées. Franz, inattentif, agité, absent, défait, s'est réfugié seul sur le balcon. Livide, il se sent menotté comme un criminel entouré de gendarmes. Il ne pense qu'à fuir n'importe où pour échapper au piège dans lequel il s'est jeté. Il semble ne remarquer ni la présence de Grete, ni les yeux tristes qu'elle lève sur lui.

Les jours qui suivent, il est dans l'impossibilité d'écrire à Felice. Toutes ses lettres sont pour Grete. Il lui démontre jusqu'à l'en convaincre, qu'il ne veut pas, qu'il ne peut pas se marier, qu'il n'a aucune aptitude pour le mariage, tout en lui se rebelle contre cette union. Sa lettre du 3 juillet est si claire que Grete est épouvantée.

Imaginez son embarras, ses émotions.

Que faire après ce terrible, ce magnifique aveu ? Se taire ? Avertir Felice ? Trahir son amie ? Prendre sa place ?

Le procès

Ce dimanche 12 juillet 1914, il fait si beau à Berlin qu'en descendant du train, Franz emprunte un fiacre pour se rendre à l'*Askanischer Hof*, l'hôtel où il a l'habitude de descendre. En pénétrant dans le hall, il a la surprise d'y trouver Felice, venue l'y attendre pour la première fois.

Elle n'est pas seule.

Sa sœur, Erna, son amie, Grete Bloch, et le chirurgien Ernst Weiss, sont là, autour d'elle.

Est-ce un guet-apens ? se demande-t-il. Grete m'a sûrement calomnié auprès de Felice ; ensemble elles m'ont tendu un piège. Il les regarde. Elles ont l'air gêné, fuient son regard. Grete, nerveuse, éponge son cou de son mouchoir. Felice affiche une grande froideur. Elle lui tend une main molle. Interdits les baisers sur la joue ? Seul son ami, Ernst Weiss, semble très à l'aise, comme impatient d'opérer.

Ils s'enferment dans un salon privé.

Felice s'est assise en face de son fiancé. Cet homme longiligne, élégant et muet l'agace. Elle passe la main dans ses cheveux, se redresse, étouffe un bâillement, tiraille sa jupe qui lui serre la taille. Sa silhouette s'est alourdie. Elle se reproche de n'avoir pas suivi la méthode de gymnastique du docteur Müller à l'usage des femmes, que Franz lui a envoyée.

Elle est la première à prendre la parole :

— Il est grand temps, Franz, de tirer les choses au clair. Depuis le 28 mai, avant même nos fiançailles, tu ne m'as plus écrit, plus un seul mot. Toutes tes lettres étaient pour mon amie, avec laquelle tu as cherché à me brouiller. Je ne sais plus où j'en suis, je ne sais plus qui tu es, qui tu aimes, quel jeu tu joues. Grete et moi avons décidé de te poser des questions précises, et d'obtenir des réponses aussi précises. Grete, veux-tu commencer ?

À la différence de Felice, Grete est émue. Le visage empourpré, elle parle d'une voix hésitante, altérée, les yeux baissés sur les papiers qu'elle tient à la main :

— Docteur Kafka, depuis notre rencontre à Prague, le 1er novembre, vous m'avez écrit soixante-sept lettres. Dans les dernières, vous vous êtes acharné à me démontrer que vous ne pouvez pas vous marier. Tout en vous se rebelle contre cette union. Je suis désespérée de m'être forcée à voir dans vos fiançailles un bonheur pour vous deux, et surtout je suis désespérée de vous avoir tous deux influencés en ce sens. J'ai assumé une énorme responsabilité, je n'aurais pas dû... Voilà pourquoi j'ai transmis à Felice certaines de vos lettres. J'ai souligné au crayon rouge les passages qui m'avaient alertée. Je ne pouvais plus me taire. Je n'osais plus regarder Felice en face. Ou être complice de...

— Mademoiselle Bloch, l'interrompt Ernst Weiss, ces lettres vous étaient adressées à vous, personnellement. Avez-vous demandé au docteur Kafka l'autorisation de les communiquer à Mlle Felice Bauer ? Ou l'avez-vous averti que vous alliez le faire ?

— Je l'en ai averti. Après l'avoir fait.

— Vous êtes l'amie de Mlle Bauer depuis longtemps ?

— Cinq mois.

— Cinq mois ? Vous habitez Vienne, Mlle Bauer habite Berlin, vous vous connaissez donc très peu. Malgré cela, vous avez accepté une mission impossible ?

Grete ne répond pas. Le docteur Weiss poursuit :

— Pourquoi avez-vous continué à correspondre avec le docteur Kafka ? Vous avez parlé de soixante-sept lettres, n'est-ce pas ? Auxquelles vous avez répondu ? Pourquoi n'avez-vous pas mis fin plus tôt à votre rôle de médiatrice ?

— Je n'ai pas, j'ai espéré, le docteur Kafka...

Elle n'achève pas sa phrase. Elle tremble à l'idée que le docteur Kafka révèle qu'elle lui a transmis deux lettres de Felice. Que se passerait-il si son amie l'apprenait ? Deux lettres dont elle était sûre de l'effet qu'elles produiraient sur lui : Felice lui confiait, en secret, encore un secret trahi, qu'elle doutait terriblement de son attachement pour Franz.

Elle s'est tue. Les regards se tournent vers le Dr Kafka. Que va-t-il répondre ? Il bredouille quelques mots à peine intelligibles :

— Rien. Exact.

Felice harangue son fiancé :

— Ah non, tu ne vas pas continuer à te taire. C'est trop facile !

Elle tire de son sac les pièces à conviction : une masse de lettres aux nombreux passages soulignés d'un trait rouge.

— Tu as cessé complètement de m'écrire à moi, moi, ta fiancée, je n'étais qu'un prétexte pour écrire à une autre, une autre que tu as séduite honteusement et de toutes les façons possibles, dix mille questions, sur elle, son frère, son chat, sa mère, son bureau, ses amies, dix mille conseils et cajoleries. Est-ce pour lui parler de moi que tu lui demandes dans cette lettre-ci (qu'elle lit d'un ton affreusement ironique) : « Chère Mademoiselle Grete, comment vous soignez-vous les dents ? Les brossez-vous après chaque repas ? » Dans celle-là, tu l'appelles « l'enfant du printemps », tu lui racontes tes rêves, tu la vois couchée sur un couvre-lit à carreaux.

Elle fouille parmi les papiers posés devant elle. Elle crie :

— Tu t'es intéressé à la robe que Grete allait porter à mes fiançailles, alors que tu ne te souciais pas de celle que, moi, je porterais. « Votre robe, chère Mademoiselle Grete, sera regardée avec les yeux, eh bien, les yeux les plus tendres », voilà ce que tu as osé lui dire. Pire encore, ces aveux : « Vous ne pouvez pas savoir ce que vous signifiez pour moi. Je me languis très visiblement et très réellement de vous. Lorsque nous serons mariés, vous viendrez vivre chez nous dès le début, vous devrez me tenir la main, et moi il me sera possible de tenir la vôtre pour vous remercier. » Et moi, qu'est-ce que je fais pendant que tu lui tiens la main pour supporter ma présence ? Je te regarde désirer une autre ? Ou je vais au diable ?

Comment m'extraire de ce salon ? se demande Franz, livide. Comment échapper à ce vacarme, à ce visage que la haine défigure ?

Il se souvient de la prostituée qu'il fréquente, une grosse fille, elle porte des vêtements démodés et des fanfreluches qui lui donnent un air de luxe. Un soir, tandis qu'il se rhabillait, il l'a interrogée sur son métier. Il se souvient de sa voix, de son accent autrichien. Elle lui a dit qu'elle a le pouvoir, lorsqu'un homme vieux ou brutal ou malodorant ahane à ses oreilles, son corps lourd et suant collé au sien, elle a le pouvoir de quitter son grabat et l'homme qui la baise, et le réduit misérable où elle vit. Il lui suffit d'imaginer une scène, toujours la même, il n'a pas demandé quelle scène, pour quitter son corps en train de besogner et voguer très loin en un lieu toujours le même, et toujours enchanteur.

Se dissocier. Y parviendrai-je, moi aussi ? Ai-je échappé quelques instants au flot de reproches que déverse Felice ? Il ferme les yeux pour ne plus voir briller dans cette bouche l'éclat infernal de l'or. Il entend Felice poursuivre d'une voix assourdie, comme si un lourd rideau était tombé entre son accusatrice et lui :

— ... sa photo, plusieurs photos, une ne te suffisait pas... C'est la chose la plus charmante et la plus belle que j'aie reçue ! Et ton portrait, contempler... du matin au soir, et tu...

nser à Gerti, se répète-t-il, à son sourire s le canot. À ses rubans, ses lèvres enfan- es, ses longs cils. À nos promenades.

Des paroles flottent comme des nuages, ou c'est lui qui flotte loin d'elles, hors d'atteinte.

— ... tu m'as tyrannisée, tu m'as torturée par tes doutes, tes plaintes, ta neurasthénie, tu as voulu m'imposer ton ascétisme. Et que dire de ton inqualifiable conduite avant nos fiançailles ? Comment as-tu eu le front d'autoriser tes parents à engager un détective qui a mené une véritable enquête sur la situation financière de mes parents, sur leur moralité, et sur la mienne ? Comment te pardonner cette inqualifiable méfiance ?

Sa rancœur, contenue trop longtemps, explose. D'une voix énergique, le buste droit, Felice n'épargne aucun détail à son fiancé, lui rappelle les tourments quotidiens, les larmes qu'elle verse depuis des mois. Elle va jusqu'à jeter en pâture aux trois juges interdits les frasques de ce fiancé volage :

Il regarde Felice, ses pauvres cheveux, ses yeux sévères. Qu'a-t-elle dit ?

— Tes amours... une enfant... Riva.

— Il est temps de conclure, dit Grete. Vous devez rompre vos fiançailles.

Ernst Weiss, réjoui, abonde en ce sens. Erna tente timidement d'espérer une issue plus heureuse.

Tous ont parlé. Les regards des quatre juges se braquent sur le docteur Kafka, immobile sous la rafale. Emmuré dans son mutisme. Il a croisé les bras sur sa poitrine. Contient-il les battements de son cœur ? Pétrifié, il semble incapable de penser, d'observer, de parler, de prendre part à ce qui se passe autour de lui : un châtiment sur la place publique.

Personne n'ose rompre son silence. On attend qu'il reprenne vie.

Il se lève, imité des autres. À leur grande surprise, il se dirige vers Grete, qui l'a délivré de ses fiançailles.

— Vous devez me haïr, dit-elle.

— Vous vous trompez, quand bien même tout le monde vous haïrait, je ne le ferais pas. Vous vous êtes dressée en juge, cela a été affreux pour vous, pour moi, pour tout le monde. En réalité, j'étais assis à votre place, et moi, je siège en permanence. Les reproches que vous et Felice m'avez adressés, je les ai cent fois ruminés. Mais vous n'auriez pas dû produire mes lettres. Jamais je n'aurais montré les vôtres.

— Rendez-les-moi, je vous en prie. Je dois les détruire, les brûler toutes.

— Non. Je les garde mais n'ayez aucune crainte.

Il prend congé de Felice :

— Tu as le droit d'être en colère contre moi. Mais pourquoi m'as-tu infligé ce procès ? Ce châtiment public ? Cette humiliation ? Je me suis senti comme un chien !

Le soir même, il invite la douce et compatissante Erna à dîner au *Belvédère*, un restaurant au bord du fleuve.

— Je voudrais vous consoler, dit-elle.

e ne suis pas triste, ou plutôt je suis triste ce que je suis et, en cela, je suis incon-lable.

— Pourquoi ne vous êtes-vous pas défendu, tout à l'heure ?

— Je n'avais rien de décisif à dire.

Il chantonne un air de *Carmen* : « En close bouche n'entre pas mouche. »

— Et il est possible, poursuit-il, que si j'avais eu quelque chose de décisif à dire, je me serais tu. Par défi.

— Pourquoi ?

— Tout était perdu. J'ai vu la détresse de Felice. Elle est innocente. Depuis deux ans, elle souffre à cause de moi comme aucun coupable ne devrait souffrir. Elle n'a pas pu comprendre que je ne me hisse hors de mes enfers que grâce à la littérature. Mais oublions cela.

Il commande du vin et, pour lui, une tranche de rôti, épaisse et saignante. Erna s'étonne :

— Je vous croyais végétarien. Felice s'en plaignait souvent !

— Elle exigeait que je mange de la viande. Malgré son insistance, je n'ai jamais cédé. J'ai toujours tenté de me soustraire au pouvoir, à toutes les formes de pouvoir. À la table de mes parents, je ne mange pas comme eux, mais contre eux ! Et voilà que ce soir, avec vous, je redeviens carnivore. Et je bois du vin. C'est bizarre, les désagréments me fortifient.

— Qu'avez-vous fait cet après-midi, après…

— Après le tribunal de l'hôtel ? Je me suis rendu à la piscine *Stralauer Ufer*. J'y ai croisé de nombreux hommes aux corps puissants qui couraient comme des brutes. J'ai nagé longuement. Je me suis étendu au soleil sur les planches, et j'ai suivi le va-et-vient de la fatigue dans mes jointures.

Émue, Erna sourit :

— Vous partez demain soir ?

— Oui. Voulez-vous que je repasse par Berlin, à mon retour de Lübeck ? J'aimerais tant vous revoir ! Nous pourrions aller ensemble à Potsdam. Entre-temps, me permettez-vous de vous écrire ?

Le lendemain matin, il envoie par coursier une lettre d'adieu à Carl et Anna Bauer, les parents de Felice. Le soir, Erna l'accompagne à la gare. Troublante, elle lui tend la main, l'assure qu'elle croit en lui, qu'elle lui garde sa confiance. Il est heureux de ses paroles :

— Je vous écrirai de Lübeck, promet-il.

Il attendra deux semaines avant de faire dans son *Journal* une très brève, très imprécise allusion à ce qu'il appelle désormais le « Tribunal de l'Askanischer Hof. »

Deux semaines à ruminer l'humiliation qui l'a mortifié ce jour-là. C'était comme si la honte dût lui survivre.

L'humiliation. Le thème du roman qu'il commence d'entreprendre.

Cette nuit-là, ou l'énigme de Marienbad

Il passe quinze jours, pieds nus, sur la plage danoise de Marielyst, en compagnie du docteur Ernst Weiss et de Rahel Sansara, rencontrés par hasard à Lübeck. Les chamailleries de ces deux amants le gênent parfois. L'hôtel est médiocre. À table, il n'y a ni fruits ni légumes, il ne mange que de la viande, c'est horrible, il en a la nausée. Mais la plage est presque déserte, il fait très beau, on se baigne tous les jours.

Une photo le montre assis en tailleur sur le sable. À côté d'Ernst Weiss, la corpulence d'un ours, il a l'air d'un adolescent apathique, distrait, à la dérive. Du matin au soir, il rumine les reproches que Felice lui a lancés à la figure. L'humiliation qu'elle lui a infligée, en public, le brûle comme si on l'avait roulé dans des orties. Il est tantôt soulagé d'avoir échappé au mariage, tantôt désespéré d'avoir perdu sa fiancée. Il se sent, dit-il, aussi creux que le coquillage prêt à être écrasé sous son orteil.

Au retour, il s'arrête à Berlin. Comme prévu, il revoit Erna[1], toujours aussi aimable. Ils visitent le château de Sans-souci à Potsdam, s'attardent dans la chambre de Voltaire, ils s'entendent si bien qu'ils projettent de voyager ensemble à Noël.

Le dimanche 26 juillet 1914, il regagne Prague où la mobilisation commence. Mécontent d'être réformé (la guerre l'aurait sauvé du bureau, de Prague, de l'ennui), il se désintéresse des déclarations de guerre, des mouvements de troupes, de la folie meurtrière qui s'empare de l'Europe et qui ouvre les écluses du mal prêt à déferler sur le monde.

Le 2 août, lorsqu'il apprend que l'Autriche entre en guerre, il passe l'après-midi à la piscine.

Il assiste, le regard méchant, aux défilés militaires, « l'un des plus répugnants phénomènes qui accompagnent les hostilités ». Observateur froid, souvent cynique, il fustigera « la bêtise des soldats, l'aveuglement criminel de la foule ».

Son beau-frère, lui, est appelé sous les drapeaux. Sa sœur, Elli, décide alors de s'installer chez ses parents avec ses deux enfants, Felix et Gerti. Franz donne sa chambre à sa sœur, et emménage chez elle.

Pour la première fois, il vit seul, dans un trois-pièces silencieux. Une vie toujours aussi routinière : bureau jusqu'à deux heures et demie, déjeuner chez ses parents, retour chez lui, lecture du journal et du courrier, longue sieste jusqu'à neuf heures ; promenade à pied pour un dîner familial. À dix heures, retour en

1. Aucune des lettres adressées à Erna n'a été conservée.

tramway. Accroché à son bureau, il travaille à son nouveau roman jusqu'à l'épuisement de ses forces. Il ne voit personne à part Max, quelques minutes en rentrant du bureau. Son roman progresse si bien qu'en octobre il demande une semaine de congé, suivie d'une autre. Il travaille jusqu'à cinq heures et même sept heures et demie du matin. C'est sa manière de se battre. Tout au bonheur d'écrire, il est métamorphosé. Dans l'après-midi, il s'accorde de longues promenades solitaires dans les allées du parc Chotek, le plus bel endroit de Prague, avec ses oiseaux, le château, ses arcades, les vieux arbres qui ont gardé leurs feuilles de l'an passé, le demi-jour. Il dévore un roman de Strindberg, *Les Séparés*, c'est une splendeur.

Bientôt, il lit à Max le premier chapitre de son *Procès* et l'inventaire des textes qu'il a mis en chantier : *Souvenirs du chemin de fer de Kalda, Le Maître d'école de village, Le Substitut*. « Me voilà, dit-il, avec cinq ou six histoires dressées devant moi comme les chevaux devant un directeur de cirque. » Il n'a achevé que *La colonie pénitentiaire* et le dernier chapitre de *L'Amérique :* « Le théâtre de l'Oklahoma. »

Depuis le « Tribunal de l'Askanischer Hof », aucune nouvelle de Felice. Il ne cherche pas à en avoir. Fin octobre, il reçoit une lettre d'elle, encore une lettre de regrets : regrets d'avoir été hostile, nerveuse, à bout de nerfs.

— Peux-tu m'expliquer, demande-t-elle, quelle a été ta position ? Quelle est-elle aujourd'hui ?

Le rapport de forces s'est inversé. Maintenant, c'est Felice qui le supplie de lui écrire.

Il consacre plusieurs soirées à lui répondre. À lire ces multiples feuillets, une quinzaine, on mesure les changements intervenus, la lassitude qui perce sous le ton patient du professeur envers une élève qu'une mouche dissipe.

« Pour ce qui est de moi, il n'y a rien de changé depuis trois mois, absolument rien, ni en bien ni en mal, tu es toujours la plus grande amie et la plus grande ennemie de mon travail. »

Il lui explique qu'il y a deux êtres en lui qui se combattent : l'un est à peu près conforme à celui que Felice voudrait avoir, et celui-là l'aime au-delà de toute mesure ; l'autre se défend de toutes ses forces contre elle, parce qu'elle n'éprouve que de la haine, et de la peur envers son travail et son mode de vie. Or, on ne peut rien changer ni à l'un ni à l'autre de ces deux hommes, à moins de les briser ensemble.

Il ajoute :

« Si je me suis tu à l'Askanischer Hof, c'est que j'avais sans cesse sous les yeux ton aversion pour la façon dont j'organise ma vie. »

Or, il a le devoir de veiller sur son travail, qui seul lui donne le droit de vivre.

« Nos lettres ne nous ont pas apporté grand-chose, conclut-il, dans la plus belle se cache un ver ; je t'écrirai peu, il ne faut pas recommencer à nous torturer. »

Moins de trente lettres et cartes postales durant l'année 1915. Mais il est de nouveau question d'une rencontre, il est de nouveau question de mariage. Le 23 et 24 janvier, ils se retrouvent à mi-chemin, à Bodenbach. Felice s'est donné du mal pour obtenir un passeport. Elle a dû faire un grand détour et passer une nuit blanche dans le train.

Les voilà face à face. Elle porte une jaquette qu'il juge très belle. Chacun constate que l'autre est inchangé. Durant les heures qu'ils passent ensemble, ils reprennent leurs discussions où ils les avaient laissées avant leur rupture. Chacun, inébranlable, campe sur ses positions. Felice exige toujours un appartement confortable, où elle pourra apporter sa note personnelle (il frémit à cette idée), une nourriture abondante (passe encore), le sommeil à onze heures du soir (il n'en est pas question), une chambre à coucher chauffée (il suffoque déjà). Pour affirmer que la raison est de son côté, elle remet à l'heure la montre de Franz :

— Une montre qui avance d'une heure et demie, ça n'a aucun sens, déclare-t-elle. C'est absurde.

Sur son travail, elle ne pose aucune question. Rien. Pas un mot. Lui non plus ne cède rien de ses exigences. Leur dialogue de sourds continue tout au long du jour. La nuit, chacun dort seul dans son lit. Ils occupent des chambres communicantes, avec une clé de chaque côté de la porte. Au moment où Franz ne voit autour d'eux qu'ennui et désolation, Felice s'écrie :

— Comme nous sommes bien, là tous les deux !

Ne sachant quoi faire pour meubler les heures qu'il leur reste à passer ensemble, il lui lit les premiers chapitres du *Procès*. Elle les accueille en silence, couchée les yeux fermés sur le canapé. Mollement, elle lui demande la permission d'emporter son manuscrit pour le copier. Elle avait espéré autre chose que cette interminable séance de lecture.

Ils se quittent.

Nous n'avons vécu aucun bon moment, pas une minute de totale liberté, se dit-il dans le train qui le ramène chez lui. Chacun aime l'autre tel qu'il est, mais, tel qu'il est, il ne croit pas pouvoir vivre avec lui.

Le 24 mai, quatre mois plus tard, seconde rencontre dans la Suisse bohémienne. C'est la Pentecôte. Felice arrive (n'est-ce pas curieux ?) accompagnée de Grete Bloch et de sa sœur Erna, récemment mariée. Franz (par souci de laisser une trace ?) envoie à Ottla une carte postale portant sa signature et celle de ses trois accompagnatrices.

Le mois suivant, en juin, ils se revoient seuls, à la demande de Franz. De ces deux jours à Carlsbad, il ne reste qu'un mince souvenir : Felice, d'une voix juste, lui a chanté plusieurs chansons. En retour, il a fredonné : *À Batignolles,* la chanson française qu'il préfère. Une fois encore, Paris l'a pris à la gorge.

En 1916, la cadence de leurs échanges s'accélère. Il écrit à Felice plusieurs fois par semaine, presque uniquement des cartes postales. Les lettres, soumises à la censure militaire, mettraient des semaines à leur parvenir. En raison de la guerre, Franz n'a plus un moment à lui. « Encore plus d'obligations, encore plus d'ennuis, encore plus d'insomnies, encore plus de maux de tête (de brefs coups de poignard au-dessus et à droite de l'œil) », voilà comment il vit maintenant. L'usine d'amiante, cette misère d'usine, est retombée sur lui, son beau-frère qui la gérait a été mobilisé. Au bureau, faute de personnel, ses horaires ont augmenté, il travaille huit heures par jour. Pour couronner le tout, son père exige qu'il l'aide au magasin, la plupart de ses employés étant sur le front. Il trime du matin au soir. Il n'a plus une seconde à lui, plus la force d'écrire. Il est désespéré comme un rat en cage.

En avril, Felice, lasse de lire des lettres qui ne débouchent sur rien, demande à le voir. Prudent, il la met en garde :

« Évoque nos rencontres précédentes et tu cesseras d'en souhaiter une autre. »

Il lui annonce son intention de passer ses vacances d'été à Marienbad, un lieu incroyablement beau, entouré de grandes et belles forêts ; il s'y rend souvent pour des raisons professionnelles, il y était encore le mois dernier. Felice propose de l'y rejoindre.

« Extraordinairement d'accord », répond-il.

Le 1er juillet au soir, il a le bonheur suprême de boucler ses dossiers, de dicter ses dernières notes, de dire adieu au bureau où il laisse un ordre irréprochable.

À Marienbad, Felice est venue l'attendre à la gare. À l'hôtel *Neptun*, sa chambre, hideuse, donne sur une cour, ça commence mal. Première nuit de détresse. Le lendemain, décidés tous deux à réussir leur séjour, ils s'installent dans un palace, au château Balmoral. Là, il dispose d'une grande et belle chambre. Mais leurs querelles gâchent tout. Pour échapper au huis clos, ils se promènent beaucoup, tantôt sous des masses de pluie, tantôt sous des éclaircies. Il se distrait en lisant la Bible.

Il tente de réduire ses conversations avec Felice à un seul sujet, qui l'enthousiasme au-delà de toute mesure : le Foyer populaire juif de Berlin, créé au mois de mai par Siegfried Lehmann, Max Brod et Martin Buber. Il prie Felice avec tant d'insistance d'en devenir l'une des auxiliaires, qu'elle se résigne à étudier ce projet. Il en éprouve une joie immense, demande sur-le-champ à Max de lui envoyer des prospectus. Le but de cette institution est de multiplier les contacts entre les Juifs occidentaux et orientaux, et de délivrer une éducation aux jeunes orphelins russes et polonais qui affluent à Berlin.

Franz encourage Felice :

— Il y a plus de miel à tirer de ce travail que de toutes les fleurs des forêts de Marienbad.

Le 8, ils partent pour Tepl, où Franz doit régler un litige professionnel. Leurs relations sont encore déplorables. De cette petite ville, où ils ne passent que quelques heures, Franz trouve le temps de griffonner trois lignes à Max :

« Quel être je suis ! Quel être je suis ! Je la torture et me torture à mort. »

Le 9, rien de changé, les nuages ne se dissipent pas, comment le pourraient-ils ? Et pourtant ! Après une série de journées terribles, et de nuits plus terribles encore, miracle, ils vivent des journées si légères que Franz ne pensait plus jamais en vivre de pareilles.

Ils vont si bien, ils se sentent si forts que le 10 juillet, certainement à la demande de Felice, Franz écrit à Mme Bauer. Il est en droit de l'appeler de nouveau « Chère mère ». Il lui annonce la « consolidation pour l'avenir » de ses relations avec Felice.

Le 12, il signale à Ottla que les choses entre lui et Felice se passent beaucoup mieux.

Le 13, ils partent pour Franzensbad, une station thermale proche de Marienbad, où Julie Kafka fait une cure en compagnie de sa fille, Valli.

— Nous nous marierons sitôt la guerre finie, et nous nous installerons dans la banlieue de Berlin, claironne-t-il. Cette entrevue avec sa mère, en présence de Felice, se déroule si parfaitement bien... qu'il en est très effrayé.

Que s'est-il passé ? La lettre de plusieurs feuillets qu'il adresse le 12 à Max (le confident) apporte des éclaircissements. La peur qu'il avait de voir Felice dans sa « réalité » (faut-il lire « nudité » ?) s'est envolée. Il s'est aperçu qu'il ne la connaissait pas du tout, qu'elle lui tendait les bras. Il a accepté son aide. Il a noué avec son ex-fiancée des relations telles qu'il n'en a jamais connu jusqu'à présent. Entré dans son intimité, il a vu le regard confiant d'une femme.

— Qu'il était beau l'éclat adouci de ses yeux, en cette éclosion d'un abîme de féminité ; je n'ai pas le droit d'y résister ; pour la première fois, je crois à la possibilité d'une vie conjugale, conclut-il.

Que de pudeur dans ce compte rendu ! Que de difficultés à dire que les verrous ont sauté. Ils ont fait l'amour.

Pour la première fois ? On l'ignore. Ce qui est sûr c'est que ce soir-là Felice l'a mis en confiance. Il a surmonté sa peur de la « fente longue, étroite, terrible ». Il a découvert, dira-t-il, la beauté du corps mince et noble de sa fiancée. Et les mêmes plaisirs semblent s'être renouvelés les nuits suivantes. Cinq jours de bonheur.

Felice regagne Berlin le 14. Il reste seul à Marienbad jusqu'au 24 juillet. Bien qu'il se plaigne de violents maux de tête, il est plus calme, plus détendu, plus sensuel, plus rapide, décidé. Il conseille à son oncle de passer ses vacances à Marienbad, un endroit paisible comme le Paradis après l'expulsion de l'homme. Il lui envoie, avec le guide de la ville, la liste des bonnes choses et des bons endroits : « Prendre son petit déjeuner au Dianahof (lait sucré, œufs, miel, beurre), faire rapidement une collation au Maxtal (lait caillé), déjeuner rapidement au Neptun, aller manger des fruits chez le marchand, faire un somme rapide, prendre du lait en assiette au Dianahof, boire rapidement du lait caillé au Maxtal, dîner au Neptun (omelette aux légumes, emmenthal, une portion d'œufs crus accompagnée d'une portion de petits pois frais) puis s'asseoir au parc municipal pour compter son argent, aller chez le pâtissier et dormir en une nuit autant que moi dans les vingt et une que j'ai passées ici. »

L'air des forêts lui a ouvert l'appétit. Franz se ruine en bons déjeuners, se promène en mangeant des cerises noires et juteuses ; il a grossi ; il lit, il écrit, il marche durant des heures dans les sous-bois. Torse nu, il s'étend dans des fossés tapissés d'une herbe épaisse et tiède. Il y reste, seul, au soleil, à l'abri des regards. Quel bonheur ! Ce paysage de moyennes collines est celui qu'il préfère. La montagne et la mer sont trop héroïques pour lui.

Il apprend par Max que son professeur d'hébreu, Georg Langer, est à Marienbad auprès d'un éminent personnage, le rabbin de Belz, chef du hassidisme. Par curiosité et pour plaire à Max, un soir, il se mêle aux dix personnes qui escortent le saint homme dans sa promenade. Dès le lendemain, il envoie à son ami un long reportage sur les faits et gestes de ce rabbin, un homme énigmatique, à la parole rare.

De retour à Prague, la perspective du mariage réactive ses angoisses. Il se dit : on se sent l'un près de l'autre, on croit se tenir solidement alors que l'on ne touche que du vent.

Dans ses lettres à Felice, pendant près de quatre mois, il ne lui parle que du Foyer juif où elle a accepté d'être auxiliaire. Il exerce un véritable despotisme, il attend d'elle une espèce de soumission, d'obéissance. Il goûte, dit-il, à la félicité de commander à un être humain.

Il exige des photos de sa fiancée entourée de toutes les fillettes dont elle s'occupe :

« Les photos montrent bien des traits qu'on n'aurait pas vus avec ses propres yeux », lui dit-il.

Il la conseille sur tout ce qui concerne ces jeunes réfugiées de l'Est, dont le moindre détail l'intéresse. Il leur envoie presque chaque jour des livres, commente chacun des ouvrages, couvre d'éloges *La Petite Dorrit* de Dickens, ajoute à ses colis des bonbons, du chocolat, des jeux, du cacao.

Il va jusqu'à lui écrire :

« C'est un peu comme si ces fillettes étaient mes enfants, le foyer nous rapproche tellement, il crée entre nous un lien spirituel tellement fort que je tiens à prendre en charge toutes les dépenses que ces enfants t'occasionnent. Donne-leur ton aide. »

Seul sujet de diversion : la Galerie Goltz, de Munich, qui organise des soirées de littérature moderne, invite Max Brod et Kafka à une lecture publique de leurs œuvres. Max choisit de lire ses poèmes, Franz *La Colonie pénitentiaire*, qu'il tient comme ce qu'il a écrit de meilleur durant l'année 1914.

Il propose à Felice de le rejoindre à Munich. Il ne connaît pas encore la date de cette lecture, il n'est même pas sûr que ce projet se réalise. Mais il revient sur ce voyage, il aura lieu, non, il n'aura pas lieu. J'irai, non, je n'aurai pas le visa, ni l'autorisation de la censure.

« Miracle sur miracle », ça y est, tout est réglé. Felice prétexte un empêchement. Il insiste. Elle cède. Il part de Prague le vendredi 10 novembre de grand matin, seul. Max ne l'accompagne pas. La Compagnie des Postes, où il occupe un emploi important, a refusé de lui accorder deux jours de congé. Il a confié à Franz le soin de lire ses poèmes[1].

Franz arrive à Munich en fin d'après-midi. Il retrouve Felice à l'hôtel *Bayerischer Hof*. Le soir même[2], à huit heures, Franz lit sa « sordide histoire », dans une indifférence totale, dit-il, comme si ce texte ne le concernait en rien, sa bouche était plus froide que la bouche d'un poêle vide. Alors qu'en général il s'échauffe jusqu'à la frénésie. Ses amis ont encore en mémoire sa lecture de *La Métamorphose*, un délire d'enthousiasme.

Cette soirée à Munich est un échec monumental. Felice, comme la plupart des auditeurs, est horrifiée par la barbarie des supplices que l'on inflige aux condamnés dans ce pénitencier où chacun est coupable, où il n'y a d'autre peine que la mort, où la souffrance ne débouche sur aucune rédemption.

Le lendemain, samedi, à l'heure du déjeuner, ils entrent dans une abominable pâtisserie. Felice, en colère, lui dit, rudement, ce qu'elle pense de son texte, et tant pis s'il s'en offusque. L'hostilité qu'elle affiche l'atteint durement. D'un ton très vif, il réplique :

— Mon sentiment de culpabilité est toujours suffisamment fort, tu n'as nul besoin de l'alimenter, mais moi, je ne suis pas assez fort pour

1. Kafka a été vexé d'apprendre que la Galerie Goltz ne l'a invité qu'à la demande de Max Brod. Il a tenu à reverser à son ami une partie des honoraires reçus pour sa double prestation.

2. Rilke n'a pas assisté à cette lecture, comme certains l'ont cru, mais, après avoir lu *La Métamorphose*, il avait écrit à l'éditeur de Kafka : « Retenez pour moi tout ce qui paraît de FK. Je ne suis pas, je peux vous l'affirmer, son plus mauvais lecteur. »

avaler pareille nourriture. Et puis, ce texte n'est pas le seul à être pénible. Tout ce que j'ai écrit jusqu'à présent l'est aussi, notre temps, et le mien en particulier, sont fort pénibles. Le mien depuis plus longtemps que le temps de tous. Dieu sait jusqu'où je serais descendu s'il m'avait été permis d'écrire autant que je le désirais !

— Bénis le ciel de t'en avoir préservé ! Nul n'a besoin d'entendre pareilles atrocités.

— Les atrocités sont partout, à nos portes. Je t'ai envoyé le livre d'Arnold Zweig, *Meurtre rituel en Hongrie*. Tu l'as lu ? Moi, j'ai éclaté en sanglots à un certain passage ; j'ai dû arrêter de le lire.

— Ton pénitencier est encore plus répugnant que cette tragédie juive ! Cette herse qui inscrit la loi dans la chair, quel sadisme ! Comment as-tu pu !

— La Loi ne s'enseigne pas, il faut qu'elle pénètre le sang. Mais tu n'aimes rien de ce que j'écris, rien, pas un seul de mes recueils n'a trouvé grâce à tes yeux. Même pas *Regard*, dont tu acceptes que les droits te soient reversés.

— Cela n'a rien à voir ! Et c'est toi, je te le rappelle, qui a pris cette initiative. Je ne t'ai rien demandé. Quant à la somme que me verse ton éditeur, parlons-en !

De plus en plus agacée, elle lui reproche de l'avoir obligée à venir à Munich :

— Moi, je préférais te voir à Berlin. Une fois de plus, tu n'as pensé qu'à toi, qu'à ton propre plaisir, pas au mien. Je reconnais là ton égoïsme.

— Je ne peux pas accepter que toi, toi précisément tu me fasses le reproche d'égoïsme et que tu le fasses avec tant de facilité, comme si cela allait de soi.

Il repart le dimanche, à l'aube.

Alors que leur première brouille avait tari sa création, la dispute et l'échec de Munich suscitent en lui une extraordinaire productivité : outre les quatorze récits qui composent *Le Médecin de campagne*, il rédige *Le Pont*, *Le Chasseur Gracchus*, *À cheval sur le seau à charbon*, *La Muraille de Chine*, *Le Voisin*, *Un incident quotidien*, *La Vérité sur Sancho Pansa*, *Le Silence des sirènes*, *Réflexions sur le péché*.

Il n'a jamais si bien travaillé, jamais en d'aussi agréables conditions. Durant la journée, il habite la ravissante petite maison que lui a prêtée Ottla, rue des Alchimistes. C'est merveilleux d'habiter là, merveilleux le chemin du retour vers minuit pour aller dormir chez lui, dans l'appartement qu'il loue au palais Schönborn, l'un des plus beaux de Mala Strana, deux pièces hautes et belles, rouge et or, il se croirait à Versailles. Il le décrit longuement à Felice, début janvier[1].

En juillet, la famille Kafka célèbre à Prague les deuxièmes fiançailles, moins fastueuses que les premières, la guerre fait rage depuis trois ans. Le lendemain de la cérémonie, les fiancés partent pour la Transylvanie, à Arad, où vit l'une des sœurs de Felice. Le couple s'arrête un jour ou deux à Budapest, le voyage est très long, pas très reposant, l'entente fluctuante.

---

1. Entre cette lettre de début janvier, et celle du 30 septembre 1917, aucune n'a été conservée. Un « trou noir » de neuf mois.

Il rentre seul à Prague, après un arrêt à Vienne.

Il dort plutôt mieux.

Le mariage est pour septembre.

La liberté... la liberté !

Il ne sait pas exactement à quelle heure de la nuit cela a commencé. Il dira quatre heures du matin à Ottla, cinq heures à Felice. Il dormait et c'est une impression bizarre qui l'a réveillé, un flot de salive dans la bouche, un goût d'une fadeur inhabituelle. Il se redresse, le crache. Et tout de même, il allume sa lampe, examine ce qu'il a vomi. Bizarre, c'est un caillot de sang rouge vif, brillant. Excité comme on l'est toujours par ce qui est nouveau, et effrayé aussi, il se lève. Aussitôt il en crache un deuxième. Puis un troisième, puis un filet de sang continu. Il marche de long en large dans sa chambre, va à la fenêtre, l'ouvre grand, regarde dehors, respire l'air tiède, l'aube est loin. Il jette un œil distrait sur sa montre, revient vers son lit. Toujours du sang. Il boit, se rince la bouche pour chasser ce goût fade, écœurant. Il contemple la serviette imbibée d'un sang qui a viré à un rouge presque noir. Il se dit qu'il vient de perdre la bataille qu'il livre depuis cinq ans, il n'est pas Napoléon, il n'ira pas au-delà de la Corse. Ses maux de tête et ses insomnies l'ont épuisé. C'est une défaite écrasante, une reddition sans condition qu'il signe de son sang.

Derrière ce sentiment d'échec, derrière cette amertume, il sent monter une excitation, l'ivresse d'une libération. Le combat est terminé. C'est la fin de cinq ans de tourments, la fin des maux de tête, la fin des insomnies qui l'ont rendu fou. Des décombres, s'échappe un merveilleux sentiment de liberté, une soudaine légèreté. Il plane en paix avec lui-même. Il se recouche, s'endort jusqu'au matin.

Il n'a jamais mieux dormi.

Le lendemain, le sang recommence, moins abondant. Il décide de n'en rien dire à ses parents. Il se rend chez son médecin, le docteur Mühlstein, qui diagnostique une bronchite aiguë.

— Un refroidissement au mois d'août, alors qu'en plein hiver je n'ai jamais eu le moindre rhume ? ironise Franz.

Le soir même, et les jours suivants, encore du sang. Le médecin lui prescrit des examens et des radiographies pulmonaires. Sur les instances de Max, le 4 septembre, il consulte le professeur Pick :

— Les sommets des deux poumons sont atteints. Il y a un risque de tuberculose. Il vous faut un long séjour à la campagne, beaucoup de repos, de lumière, d'air et de soleil.

À la surprise du professeur, Franz lui serre la main et le remercie chaleureusement. *Very well !*

Il descend les trois étages de l'immeuble en faisant des bonds fantastiques. Il court annoncer la nouvelle à Max.

— Il y a un risque de tuberculose ? Tu n'as pas l'air de te rendre compte de cette menace.

Max est atterré.

— La maladie peut être un ange tutélaire, c'est l'évolution qui est diabolique. Pour le moment, ce coup qui me frappe, je le ressens comme quelque chose de délicieux. Il y a beaucoup de douceur dans la maladie.

— Je ne te comprends pas. Serais-tu heureux dans ton malheur ?

— Tu devrais le dire sur un autre ton. Ce n'est pas si simple. Mais trois mois à la campagne, au soleil, loin du bureau. Quelle liberté !

Il ajoute :

— Je ne fais pas un secret de ma maladie, mais je ne veux rien en dire à mes parents. Ils ont suffisamment de soucis. Sois prudent avec eux.

Le 9 septembre, un mois après son hémoptysie, il écrit à Felice. Il lui donne la raison de son silence : l'hémorragie pulmonaire, survenue dans sa trente-quatrième année, du jour au lendemain, et sans précédent familial. Il précise qu'il est atteint de tuberculose mais que les maux de tête et les insomnies, les pires choses qu'il connaisse, ont cessé de le torturer. À son habitude, il plaisante : « Cela ne peut pas continuer, a dit le cerveau, et au bout de cinq ans les poumons se sont déclarés prêts à intervenir. » Il ajoute : « Je me comporte vis-à-vis de la tuberculose comme un enfant qui s'accroche aux plis de la jupe de sa mère. »

Il lui annonce qu'il part se reposer chez sa sœur, Ottla, un ange qui le porte sur ses ailes à travers un monde semé d'embûches. Dans cette lettre d'adieu, qui commence par l'habituel « Chérie », il ne s'apitoie nullement sur lui. Il établit un constat destiné à sa « pauvre chère Felice », un constat qui sonne le glas de leurs singulières amours.

Il arrive à Zürau le soir du 12 septembre 1917. À l'exception de deux brefs séjours à Prague pour y subir des radios et consulter son médecin, il n'en bougera pas. « Je ne veux en aucun cas quitter Zürau, écrit-il à Max, je m'y accroche de toutes mes dents. » Il y restera jusqu'au 30 avril 1918, soit sept mois. Sept mois, les plus paisibles de sa vie.

Lorsqu'il s'installe chez sa sœur, elle termine d'engranger sa récolte de houblon. Elle exploite, aidée d'un intendant, la propriété agricole de son beau-frère, Karl Hermann, qui se bat sur le front.

Il existe plusieurs photos de Franz et d'Ottla, prises devant le porche de cette ferme. Un bâtiment trapu et accueillant dans un paysage de collines boisées. La chambre que Franz occupe, bien qu'orientée au nord-est, est parfaite, spacieuse, chaude. Il ne se plaint que du bruit : dès l'aube, un ferblantier tape sur son fer-blanc, et s'il cesse un instant c'est pour laisser son tour à un ouvrier qui tape sur du bois. De la cour d'en face, s'échappent tous les cris de l'arche de Noé qui se couvrent mutuellement, les oies courent vers l'étang comme des furies, et au grenier les souris font un boucan éhonté. Une maison proche abrite le seul piano de tout le nord-ouest de la Bohême, il appartient à la fille d'un riche paysan qui joue en appuyant férocement sur la pédale, tout en rêvant d'aller vivre à Prague.

Franz a cessé de chercher le calme dans cette vie. L'air pur, la forêt et la lumière lui suffisent. Il a découvert une place grandiose pour s'étendre au soleil : c'est une hauteur, ou plutôt un petit plateau au centre d'une vaste cuvette en demi-cercle qu'il domine. Torse nu ou en caleçon, il est couché là comme un roi, sur un vieux et vaste fauteuil rembourré, deux tabourets posés devant lui. C'est à peine si quelqu'un peut l'apercevoir. Il arrive, rarement, qu'une ou deux têtes montent sur le rebord de son plateau et lui crient :

— Descendez de votre banquette !

Il n'en bouge pas. Immobile, il reste des heures au soleil, boit comme le lui a ordonné son médecin des litres de lait cru, soit glacé, soit très chaud.

— Peut-être, dit-il à Ottla, deviendrai-je un jour l'idiot du village.

Il participe un peu aux travaux des champs. Il donne à manger aux chèvres, il lui suffit de baisser à la hauteur des bêtes les branches les plus feuillues des buissons. Il les observe tandis qu'elles croquent bruyamment leur repas. Elles ressemblent à des Juifs polonais, cette chèvre plus particulièrement à son oncle Alfred, celle-ci à Felix, celle-là à Ernst.

Le soir, assis à la cuisine, il épluche les légumes ; il se soucie d'envoyer à Max et à Oskar une couple de perdrix et quatre kilos de farine ; même à la campagne, il est difficile en ces temps de disette de trouver de la viande, du beurre ; les œufs eux-mêmes sont rares.

Il relit *David Copperfield*, à qui *Le Soutier*, premier chapitre de son roman américain, doit tant, se répète-t-il. Il rêve de son père, de la bataille du Tagliamento qui s'est déroulée le mois précédent, de Franz Werfel. Il écrit des lettres à ses parents, à ses amis, à Max qui traverse une grave crise conjugale.

Il a rédigé une lettre de rupture à l'adresse de Felice mais, la jugeant plus équivoque encore que ses sentiments, il ne la lui a pas envoyée.

Il observe les paysans qui l'entourent : « Ce sont des nobles qui se sont réfugiés dans l'agriculture, ils ont organisé leur travail avec tant de sagesse et d'humilité qu'ils sont protégés contre tout roulis, de vrais citoyens de la terre. »

Sa maladie ? Il la sent à peine. Il n'a pas de fièvre, ne tousse presque pas, il a le souffle court, c'est vrai, et il transpire, mais il a pris du poids et il dort mieux. Sa sœur est heureuse de sa présence. Lorsqu'il la voit, à l'heure où tombe le soir, s'avancer vers lui un plaid ou un bol de bouillon chaud à la main, il lui dit : « Nous formons un couple idéal. Jamais je ne me suis senti aussi bien que seul avec toi. »

Felice annonce sa visite. Franz tente de l'en dissuader : un si long trajet, de nombreux changements de train ; mais elle insiste. Qu'elle vienne ! Elle arrive le 21 septembre, après un voyage de trente heures. La fatigue et le poids de la détresse se lisent sur son visage. Sa présence n'éveille chez lui que de la culpabilité. Il la regarde, étonné de n'éprouver aucune émotion, si ce n'est l'inquiétude de voir certaines de ses habitudes dérangées. Il reste muet devant elle, laissant à Ottla le soin d'alimenter la conversation, de lui faire visiter les lieux. Dans la soirée, sous le regard de sa sœur, et à seule fin d'être agréable à tout le monde, il parvient à jouer la comédie, il n'a pas perdu ses talents d'acteur. Felice se détend, peut-être se reprend-elle à espérer. Franz semble en si bonne santé !

Elle part le lendemain, en fin de journée ; il la voit monter en voiture avec Ottla qui contourne l'étang, il coupe alors en ligne droite et se trouve une fois encore devant celle qu'il a poursuivie de son amour durant cinq ans. Aujourd'hui, le visage impassible, il agite mollement la main. Adieu !

Le dimanche suivant, il se rend à la gare pour y attendre sa mère, venue pour la journée. Elle ne sait rien de la maladie de son fils, elle se réjouit de savoir qu'il se repose chez Ottla, à la campagne, loin des horreurs de la guerre. En descendant du train, elle s'écrie :

— Quelle bonne mine tu as !

Elle ajoute, le voyant sourire, qu'elle a demandé à Felice, il y a deux ou trois jours, si son fils était de meilleure humeur, et sais-tu ce qu'elle m'a répondu : Qu'elle ne s'en était pas aperçue !

Il évite de poser les yeux sur sa mère, qui n'a jamais eu le temps de penser à elle. Elle est bouffie et déformée par six maternités, une vie de travail, une absence totale de soins. Il pense à sa sœur aînée, une jeune fille élancée il y a seulement trois ou quatre ans, qui, après deux accouchements, a un corps gonflé dont l'aspect se rapproche déjà de celui de sa mère. Elles éveillent en lui tant de compassion qu'il tient à leur épargner le souci de sa maladie. Pour sa famille, il se repose. Rien de plus.

Hermann Kafka, lui, n'est pas si crédule, il ne cesse de questionner Ottla :

— Pourquoi ton frère prolonge-t-il son congé de semaine en semaine ? Pour une simple fatigue ? Ce n'est pas possible.

Le 22 novembre, de passage à Prague, Ottla profite du fait que sa mère soit occupée à la cuisine pour, brièvement, informer son père ; le mot de tuberculose fait une forte impression sur lui, il ne répond rien à sa fille, mais son visage change d'expression.

Elle le rassure :

— À Zürau, Franz a pris du poids, il dort bien, il a tout ce qu'il lui faut. Libéré du bureau et de l'usine, c'est un autre homme. Il va guérir, demande à son médecin, tu verras bien !

Son père reste soucieux.

— N'en dis rien à maman, ni à mes sœurs, ajoute-t-elle, Franz te le demande instamment.

Après les visites de Felice, de sa mère, et de Mlle Kaiser, sa secrétaire, qui l'ont agité, il refuse que Max, Oskar et Félix viennent le voir, il ne se sent plus en état de les recevoir, il préfère leur écrire. Il leur raconte ses « nuits de souris ». « Quel peuple que celui-là, muet, bruyant, terrible. Le travail clandestin d'un peuple de prolétaires opprimés, à qui la nuit appartient. Me lever, allumer, hier, je ne l'osais pas, la seule chose que je risquais fut quelques cris, par quoi je tentai de les intimider. Au matin, de dégoût et de tristesse je n'ai pas pu me lever, je suis resté à tendre l'oreille pour saisir la besogne qu'une souris infatigable a faite toute la matinée dans l'armoire afin de clore cette nuit-là ou de préparer la suivante. Maintenant, j'ai pris le chat dans ma chambre, le chat que je hais secrètement depuis toujours. Même l'odeur chaude et le bon goût du pain de ménage sentent la souris. »

Il tente de faire le vide autour de lui, et en lui, suivant l'exemple des taoïstes.

— Je suis un Chinois[1], déclare-t-il à sa sœur.

Allongé sur sa chaise longue nouvellement arrivée, une couverture sur les jambes, il contemple les collines ; les forêts, à la fin de cet automne, ont à l'heure du crépuscule des lueurs d'incendie.

Les voix du monde se taisent, ou se font plus rares.

---

1. Selon Elias Canetti, Kafka est le seul écrivain typiquement chinois que l'on puisse trouver en Occident.

« Cela n'était pas dans ton destin[1] »

À Zürau, devant Ottla, Felice n'a pas osé interroger Franz, et lui a esquivé les manœuvres d'aparté qu'elle a tentées. Dans le train qui la ramène chez elle, elle ne sait plus quoi penser. Franz est en bonne santé, il ne tousse que le soir, et pas tellement. Pourquoi a-t-il été distant, froid, muet ? Avant qu'elle ne le quitte, ils sont restés assez longtemps debout, seuls sur le perron à regarder la place du village ; ils ne se sont guère parlé, elle était malheureuse de ce voyage absurde, de la conduite incompréhensible de Franz. Serait-il possible qu'il ait oublié Marienbad ? Oublié ce qu'il lui écrivait, il y a quelques semaines à peine : « Tu fais partie de moi. »

De retour à Berlin, elle attend une lettre. Les jours passent, rien n'arrive. Aligné dans sa chambre, en piles impeccables, son trousseau la nargue. Dans les yeux de sa mère, brillent des reproches. Les tantes, les amis, les collègues la harcèlent :

1. Pauvre consolation que lui donne sa mère, lorsqu'il lui annonce la rupture de ses deuxièmes fiançailles.

— Alors, à quand la noce ?

L'incertitude corrompt ses moindres plaisirs. Revoir Franz seul, face à face, comme à Marienbad, exiger une explication, dût-elle être la dernière, c'est ce qu'il faut faire. Quitte à sacrifier son congé de Noël, elle doit tirer les choses au clair.

Elle demande à Franz, dans une lettre désespérée, de la retrouver à Prague.

« Tu ne peux plus te dérober. Tu me dois une vérité pleine et entière. »

Il quitte Zürau le 24 décembre. Le 25, Felice est à Prague. Leur premier jour ensemble se passe bien, ils abordent tous les sujets sauf le principal. Felice est calme, affectueuse. Le soir, ils rendent visite à Max. Ni Franz ni Felice ne réussissent à prendre part à la conversation ; muets toute la soirée, ils semblent aussi désemparés l'un que l'autre. Le lendemain matin, dès 7 heures et demie, Franz sonne à la porte de Max, consacre-moi ta matinée, lui dit-il. Ils se retrouvent au Café de Paris. Au bout d'un long moment de silence, Max s'étonne :

— Qu'attends-tu de moi ?

— Rien.

— Alors pourquoi m'as-tu demandé de passer cette matinée avec toi ?

— Pour m'aider à tuer le temps. Ma résolution est inébranlable, ce que j'ai à faire, je ne peux le faire que seul. Je suis convaincu qu'en rompant cette fois-ci définitivement mes fiançailles, j'accomplis un acte dont je ne mets pas une seconde en doute la justesse ; sinon j'en eusse été incapable ; mais la justesse d'un acte ne contredit pas le fait que devoir mettre un terme final à cinq années de passions est d'une grande injustice.

Reste, pour moi, l'énigme de Marienbad. Pourquoi...

Il n'achève pas sa phrase.

L'après-midi et le lendemain sont affreux. Il lui faut convaincre Felice qu'elle ne peut se lier à un homme tel que lui. Il s'accuse d'avoir fait son malheur, il l'a brouillée avec son amie Grete Bloch, il l'a brouillée avec sa sœur Erna, il a contribué à la mort de son père, il l'a torturée de toutes les façons possibles, il l'a tyrannisée, il a exigé qu'elle apprenne à nager, qu'elle fasse de la gymnastique, qu'elle cesse de croquer du sucre, qu'elle aide toujours plus le Foyer populaire juif...

Felice lui a posé la main sur la bouche :

— Arrête, Franz, je t'en prie, tu dis n'importe quoi, n'importe quoi.

— Alors, cesse de me demander pourquoi je tire un trait, ne m'humilie pas davantage.

D'un ton moins vif, il poursuit :

— Je te confie un secret, je ne recouvrerai pas la santé. Ma tuberculose n'est pas une maladie que l'on couche sur une chaise longue, c'est une arme qui m'est nécessaire, qui demeurera tant que je serai en vie, et nous ne pouvons pas rester en vie tous les deux, elle et moi.

Le 27 au matin, il accompagne Felice à la gare. Il sait qu'il ne la reverra, qu'il ne l'entendra plus jamais. Il la regarde monter dans un wagon, il regarde partir le train, il est incapable d'endiguer les émotions qui le déchirent. Blême, le visage dur et froid, il va se réfugier auprès de Max. Dans son bureau, à la direction des Postes, Max n'est pas seul. Un de ses collègues est assis à la table mitoyenne. Sans se soucier de cet homme, comme s'il ne le voyait pas, sans se soucier de l'animation qui règne autour d'eux, Franz s'assied près de son ami. Il s'effondre.

Max est consterné, c'est la première fois, depuis qu'il le connaît, qu'il voit son ami pleurer, pleurer en public, les larmes roulent sur ses joues. Il l'entend murmurer à travers ses sanglots :

— N'est-ce pas terrible qu'on doive en arriver là, n'est-ce pas terrible ?

II

Julie

– De janvier à décembre 1919 –

« J'ai été envoyé comme la colombe de la Bible. Je n'ai rien trouvé de vert, je rentre dans l'Arche obscure. »

Lettres à Milena

Julie, l'oubli

La grippe espagnole, qui décime l'Europe, le terrasse les premiers jours d'octobre ; la fièvre monte à 41 degrés, et persiste. Sa mère le veille nuit et jour, le croit perdu, et pleure à son chevet. Le souvenir de ses deux fils, Georg et Heinrich, morts l'un à six mois, l'autre à un an et demi, ne la quitte plus.

Rétabli, Franz rechute. L'état de ses poumons s'aggrave. Lorsqu'il guérit de cette grippe, il est si affaibli que son médecin lui prescrit une longue convalescence à la campagne.

Le 30 novembre 1918, sa mère le dépose à Schelesen, un village au nord de Prague, qu'il connaît. Il est, en cette saison, l'unique pensionnaire du petit hôtel que tient Mlle Olga Studl. Il y restera quatre mois, à soixante couronnes par jour.

Il passe ses journées sur la chaise longue de son balcon, en plein air, enveloppé dans des couvertures, face aux collines boisées. Le silence est à peine rompu par le jappement des deux chiens, Meta et Rolf, à l'heure où ils se disputent, avec quelle fougue, les restes du déjeuner que Franz leur lance de la fenêtre.

Un jour de janvier, arrive un deuxième pensionnaire. C'est une jeune fille de vingt-huit ans, Julie Wohryzek. Au cœur de l'hiver, l'hôtel, les collines, les forêts, aussi loin que porte le regard, tout est enseveli sous une neige glacée qui scintille au soleil. On se croirait en Laponie, et on ne circule qu'en troïka ; mais le froid intense qui règne au-dehors tient les deux convalescents prisonniers à l'intérieur de « cette demeure, proprement ensorcelée ».

Le début de leurs relations ressemble à un film comique : Franz et Julie se cognent l'un à l'autre lorsqu'ils déambulent dans les couloirs déserts, lorsqu'ils entrent dans la salle à manger vide, lorsqu'ils quittent leur table, distante l'une de l'autre de plusieurs mètres, lorsqu'ils s'assoient dans le vaste salon. Cela devient si drôle, que dès qu'ils s'aperçoivent, ils sont pris d'un fou rire, à en pleurer. Ils rient de leur étrange ressemblance, même forme de visage, même bouche, ils rient de leur timidité, ils rient sans motif, et sans arrêt, ils se regardent et il leur devient impossible de retenir un rire qui explose, et les remplit de confusion. À chacun de leurs fous rires, Mlle Olga Studl lève les bras au ciel et marmonne :

— Ces deux-là, ces deux-là... c'est à n'y rien comprendre !

Ils passent six semaines ensemble. Le soir, ils ont de longues conversations, il lui raconte l'échec de ses doubles fiançailles. Elle se remet à peine de la mort de son fiancé, tué au front. Il trouve Julie commune et étonnante, jolie (elle lui rappelle Grete Bloch) honnête, aimable, réservée. « C'est, écrit-il à Max, une demoiselle de comptoir, fragile, fort ignorante et pleine d'abnégation. » Il ajoute, un brin cynique : « Elle n'est guère moins insignifiante que cette mouche par exemple qui vole vers la lumière. »

Ses excentricités étonnent Julie. Il passe ses nuits à écrire à ses amis, à sa sœur, à ses parents. Il se lève à midi, ne se nourrit que de légumes et de fruits secs, boit des litres de lait. Et le soir, il lit à voix haute pendant des heures, allant et venant et gesticulant comme un comédien, les yeux brillants de plaisir. Il l'intrigue par son insatiable curiosité, il la questionne sans se lasser sur son métier de modiste : comment crée-t-elle ses chapeaux, à partir d'un croquis ou d'un tissu, combien de temps lui faut-il pour les confectionner, sont-ils à voilette, garnis de fleurs, à qui les vend-elle, et combien ?

Avec un tact auquel elle est sensible, il s'intéresse aussi au métier de son père, savetier et gardien de synagogue dans un misérable bourg. La masse d'expressions yiddish, certaines des plus choquantes, dont elle émaille ses réponses le déconcertent mais il n'en laisse rien paraître.

Ils partagent le sentiment qu'ils sont, en dépit de leurs différences culturelles et sociales, intimement assortis l'un à l'autre. Ils passent de plus en plus de temps ensemble. Au milieu de la nuit, Franz, emmitouflé dans sa couverture, parcourt le couloir obscur qui mène à la chambre de Julie, glisse une lettre sous sa porte. De retour dans son lit, il guette la réponse. Lorsqu'ils se saluent, matin et soir, il ose garder la main de la jeune fille dans la sienne un peu plus longtemps que d'ordinaire. Bientôt, il parle de mariage :

— C'est l'objectif suprême, mais cette voie m'est barrée. Je suis en trop mauvaise santé.

— Moi, pour d'autres raisons, je ne désire plus me marier, répond-elle.

— Vous ne voulez pas avoir d'enfants ?

— Non, depuis la guerre, depuis la mort de mon fiancé, je n'en veux pas.

— Quel genre de vie voudriez-vous mener ?

— Une vie qui me fasse oublier les misères que j'ai connues. Je ne rêve que de cinéma, d'opérette, de mode. De rien d'autre.

— Notre refus du mariage nous interdit de rester ensemble. Le tribunal de l'opinion publique nous condamne à nous séparer.

Pendant plusieurs jours, ils font preuve de bravoure, résistent à l'attirance qu'ils éprouvent l'un pour l'autre. Ils s'évitent, déjeunent et dînent à des heures différentes. Julie écourte les soirées au salon. Franz reste plus longtemps dans sa chambre. Ils s'évitent surtout pour ne pas tomber dans le tutoiement et dans les bras l'un de l'autre.

Il leur faut se quitter. Moment mélancolique. Julie a demandé à l'une de ses sœurs de la ramener à Prague. Franz ne fait qu'apercevoir cette femme, qui lui semble un peu désemparée, et d'une bonté foncière.

Il reste seul à Schelesen trois semaines encore, jusqu'à la fin mars. Il n'écrit pas à Julie, pas un mot. Mais absente, elle l'obsède ;

il a la conviction que les choses ne peuvent en rester là.

Dès son retour à Prague, ils se retrouvent, rien d'autre n'était possible, et, comment en douter ? Ils deviennent amants.

Commence alors une période heureuse, paisible. Ils se rencontrent presque tous les jours, mais, pour ne pas être vus ensemble, ils font de longues promenades en forêt, dans les allées obscures du Riegerpark, ou les rues de Prague, à la nuit tombée. Ils se cachent et cette prudence humilie Franz.

Lorsque sa sœur, sa chère Ottla, se fiance[1] officiellement, et fixe la date de ses noces au 15 juillet, la peur de se retrouver seul le pousse à un geste insensé : il demande Julie en mariage. Elle refuse. Il s'obstine, avance des arguments, entame la résistance de la jeune fille. C'est, se persuade-t-il, un mariage d'amour, et de raison. Julie lui procure le sentiment de sécurité dont il a besoin.

Il sillonne de nouveau la ville, d'un quartier à l'autre, en quête d'un appartement.

Un soir, il annonce la nouvelle à ses parents, et souhaite leur présenter sa nouvelle fiancée.

— La fille d'un savetier ? La fille de l'homme le plus misérable de toute la Bohême ? C'est ça que veut épouser monsieur mon fils ? Une oie

1. Ottla, malgré l'opposition de ses parents, épouse Josef David, un Tchèque chrétien. Alors que Max Brod voit dans cette union une perte du judaïsme, Kafka soutient sa sœur : « Tu fais quelque chose d'extraordinaire, et faire correctement l'extraordinaire est extraordinairement difficile. Mais si tu parviens à ne jamais oublier la responsabilité à quoi t'engage un acte aussi difficile, tu auras fait plus que si tu avais épousé dix Juifs. »

répugnante qui n'a eu aucun mal à te mettre le grappin dessus ? Ta sœur se marie avec un catholique, et toi tu viens m'assener un coup encore plus fort. Tu veux ma mort, c'est ça ?

Il menace de s'exiler pour échapper au déshonneur d'une telle mésalliance ; il rappelle à son fils la double rupture de ses fiançailles avec Felice, les sommes énormes qu'il a déboursées pour rien, et les six mois de loyer perdu, hurle-t-il. Deux échecs ne suffisent pas à monsieur mon fils, il lui en faut un troisième ? Si c'est d'une putain que tu as besoin, va au bordel. Et si, à ton âge, tu as peur de le faire toi-même, je t'y accompagnerai.

Pour la première fois, Franz ne se laisse pas terroriser. Les injures, le mépris dont son père l'abreuve renforcent sa décision. Le jour où il trouve un logement, un pauvre meublé d'une pièce dans la banlieue de Prague, il arrête une date de mariage.

Il fait publier les bans.

Lundi, Julie et lui visitent leur logement ; les voilà assis sur le canapé, blottis l'un contre l'autre. La jeune fille savoure cet instant, elle a conquis ce domicile après tant de souffrances. Elle a son futur mari à ses côtés, cette promesse de bonheur. Elle laisse couler des larmes de joie. Franz, lui aussi, est bouleversé : il vient de prendre conscience de l'imminence du désastre. Dimanche, il emménagera, il vivra jour après jour avec Julie, avec ses robes, et ses chapeaux, et ses sous-vêtements, et ses odeurs, et ses colifichets, et son bavardage dans cette cellule minuscule, minable, sombre, encombrée, il n'écrira plus. Son cœur cogne. Sa vue se brouille. Les murs, le plafond, le plancher se mettent à tanguer, son visage, son corps se couvrent de sueur. Il croit s'effondrer.

Vendredi, deux jours avant le mariage, le propriétaire change d'avis. L'appartement leur échappe.

Il est sauvé.

Pendant quelques semaines, il feint de croire que la vie continue, comme avant ; il se promène avec Julie dans Riegerpark, au Jardin botanique ; ils déjeunent souvent au restaurant, nagent ensemble à Cernosic.

Puis il n'est pas en état de poursuivre, d'ignorer les avertissements qui maintenant hurlent dans ses oreilles. Ses insomnies le rendent à moitié fou, il se compare à un homme en train de brûler vif. Il propose à Julie un pacte de fidélité et d'affection :

— Continuons à nous voir aussi souvent que tu le voudras, mais il n'est plus question de mariage.

À la mi-novembre, n'y tenant plus, il fuit. Où ? À Schelesen, le lieu de leur rencontre. Max l'accompagne. En une dizaine de jours, Franz rédige d'une traite la *Lettre au père.*

De retour à Prague, il la donne à lire à Ottla, et la confie à sa mère qui, sagement, refuse de la remettre à son destinataire. Hermann Kafka ignorera jusqu'à son dernier jour l'existence de la lettre (près de quatre-vingts pages) que lui a écrite son fils, au lendemain du mariage avorté avec Julie. Hermann Kafka ignorera les reproches que son fils lui adresse, de même que ceux que

Hermann adresse à son fils. Franz, selon son habitude, s'est constitué l'avocat des deux parties. Il s'est livré à un double procès : celui que le fils intente à son père, et la riposte, cinglante, du père au fils.

Est-ce à son père qu'il destine ce règlement de comptes, et cette proposition : Faisons la paix ? On peut en douter. Franz sait mieux que personne, s'en est-il assez plaint ! que son père n'a ouvert aucun de ses livres, même pas *Un médecin de campagne*, qui lui est dédié. Il n'en a pas lu une page, pas un mot. Chaque fois que Franz lui offre l'un de ses recueils, son père, sans y jeter un regard, sans y toucher, comme d'un objet répugnant, laisse tomber la phrase que reprend en chœur la famille :

— Pose-le sur ma table de nuit.

Franz connaissait le sort que son père réserverait à sa lettre. D'où, peut-être, son extraordinaire liberté de ton. En a-t-il tiré le bienfait qu'il en escomptait ? Est-il parvenu à approcher d'assez près la vérité pour rendre sa vie, et sa mort, plus faciles ?

À son retour de Schelesen, il recommence à voir Julie mais rien n'est pareil, il est distrait, brusque, muet, fermé. Les jours s'écoulent dans l'ennui, le désœuvrement, les silences, l'angoisse. L'intrigue piétine. Plus pour longtemps.

III

Milena

– D'avril à novembre 1920 –

« De tous les Juifs occidentaux, je suis le plus typique : c'est-à-dire, en exagérant, que je n'ai pas une seconde de paix, que rien ne m'est donné, qu'il me faut tout acquérir, non seulement le présent et l'avenir, mais encore le passé, cette chose que tout homme reçoit gratuitement en partage ; cela aussi, je dois l'acquérir, c'est peut-être la plus dure besogne ; si la terre tourne à droite – je ne sais si elle le fait –, je dois tourner à gauche pour rattraper le passé. Or, je ne peux pas porter le monde sur mes épaules, c'est à peine si elles supportent le poids de ma veste. »

Lettres à Milena

Milena, la fin d'une illusion

C'est au café Arco qu'ils se rencontrent. Franz y est entré boire ce qu'il aime le plus : un chocolat chaud recouvert d'une montagne de crème. Il est seul à une table. Elle s'est avancée vers lui :

— Docteur Kafka ? Je suis Milena Jesenská, la femme d'Ernst Pollak. Vous le connaissez, je crois ?

Du doigt, elle lui désigne son mari en conversation avec une grande femme rousse. Franz s'est aussitôt levé, il s'est incliné devant cette très jeune femme plantée devant lui, aux yeux divinement bleus. Blonde, mince, elle le regarde bien en face et sourit de sa gaucherie, il a renversé le sucrier, et ne s'en aperçoit pas.

Il la dévisage, oublie de lui répondre.

— Je voudrais traduire en tchèque plusieurs de vos livres : *Le Soutier, Le Verdict, La Métamorphose, La Colonie pénitentiaire*.

— Tant de peine ? Il ne faut pas.

— Si, il le faut. Vos livres sont les plus importants de toute la jeune littérature allemande. J'ai déjà traduit *Le Soutier*, et votre éditeur, Kurt Wolff, me demande votre autorisation.

— Vous êtes traductrice ?

— Oui, je viens de vous le dire. Et journaliste. Puis-je vous envoyer mon texte pour que vous y apportiez vos corrections ?

— Vous habitez Prague ?

— Non, Vienne.

Ils échangent leurs adresses. Elle l'a salué, il la regarde partir.

Il se souvient du costume qu'elle portait ce jour-là, de ses mains si vives, de sa silhouette frêle entre les tables du Café Arco, oui, de cela, aujourd'hui encore, il s'en souvient.

Il quitte Prague les premiers jours d'avril. Il part se reposer à Merano, au sud du Tyrol. Sa fatigue ne le quitte plus. Ses demandes de congé se succèdent, et il ne parvient pas à mettre un point final à sa liaison. Espère-t-il que ses deux mois d'absence auront raison de l'obstination de Julie, qui s'accroche à lui et pleure ? Il ne lui a rien dit de sa rencontre au Café Arco, ni des deux lettres qu'il a reçues de Milena, deux lettres qui ne quittent pas sa poche et qu'il palpe comme un talisman.

À Merano, il s'installe à la pension Ottoburg, que tient Mademoiselle Fröhlich. Du balcon de sa chambre, il contemple les fleurs qui grimpent jusqu'à lui et l'exubérance tropicale de la végétation dans le jardin en contrebas. Un moineau lui rend visite à l'heure du petit déjeuner. Franz lui lance quelques miettes de pain et observe son manège. À cet instant, l'oiseau est au soleil sur le balcon, il convoite l'aliment de sa vie, les miettes à l'ombre, sur le seuil de la chambre. Quelques sautillements, et il les gobe-rait toutes. Mais il a peur de s'aventurer en territoire inconnu. Il ose quelques bonds, s'arrête, avance encore un peu, recule, ébouriffe ses plumes pour se donner du courage, le désir le pousse, d'un bond il atterrit à quelques centimètres du festin. Il renonce. Il s'envole, saisi d'effroi.

C'est vers la mi-avril que Franz commence d'écrire à Milena. Il n'est plus le fringant séducteur qui, au soir du 13 août 1912, sonnait à la porte de Max Brod, et décidait sur-le-champ de conquérir Felice. Il a maintenant trente-neuf ans, ses cheveux ont blanchi, il ne monte plus les marches d'escalier quatre à quatre. Il passe le plus clair de son temps sur sa chaise longue. En promenade, il s'essouffle vite.

Lorsqu'il rencontre Milena, elle qu'il n'a jamais espéré voir, surtout maintenant, surtout si tard, il sait que le temps lui est compté. L'heure n'est plus au badinage.

Et Milena n'est pas Felice.

Elle n'a que vingt-trois ans lorsqu'elle entre, tel un ouragan, dans sa vie. Vingt-trois ans et un passé chargé, une réputation sulfureuse. Enfant, elle a soigné sa mère pendant des mois. Elle l'a vue souffrir, dépérir, et mourir dans ses bras. Stomatologiste de renom, son père, un homme rigide, brutal, a refusé de s'en occuper.

Orpheline et livrée à elle-même, l'adolescente goûte à la cocaïne, a des fréquentations douteuses. Un soir, habillée, elle traverse la

Moldau à la nage pour rejoindre un amoureux. Elle passe ses après-midi dans les cafés, pose nue pour des peintres, loue des chambres d'hôtel pour y recevoir ses deux amies intimes, Stasa et Jarmila (on parle, tout bas, d'amours saphiques). Elle leur offre des brassées de fleurs, des robes, des colifichets, l'argent lui brûle les doigts.

Elle a dix-huit ans lorsqu'à un concert elle fait la connaissance d'Ernst Pollak et décide de vivre avec lui. Ce jeune homme est un coureur, un joueur, un noctambule vaguement écrivain. Lorsqu'il apprend la liaison de sa fille avec un Juif, littérateur de café, le docteur Jesensky la fait enfermer dans une clinique psychiatrique proche de Prague. Elle reste neuf mois parmi les fous, se libère à sa majorité, et court épouser Pollak. Le docteur Jesensky coupe tout lien avec sa fille.

Le couple s'installe à Vienne. L'argent manque, leur vie est difficile. Milena écrit des chroniques pour des magazines et des quotidiens de Prague, chroniques brillantes dont les féministes font leur miel. Elle donne des leçons de tchèque, traduit des romans étrangers. Les jours où elle n'a plus un sou, où elle ne se nourrit que de pommes et de thé, elle se coiffe d'une casquette, se rend à la gare centrale et traîne à bout de bras les bagages des voyageurs. Son mari, « l'homme aux quarante maîtresses », la trompe ouvertement. Souvent pris de boisson, il la maltraite, et accumule des dettes qu'elle s'épuise à rembourser. Lorsqu'elle rencontre Kafka, sa santé n'est pas fameuse, les bronchites se succèdent, à deux ou trois reprises elle a craché du sang, son couple se désagrège, et elle n'a plus d'argent.

Franz et Milena commencent à correspondre en avril, ils cessent en novembre. Moins de huit mois. Il lui écrit en allemand, elle répond en tchèque, le plus souvent au crayon. Il s'en plaint. De lui restent environ cent cinquante lettres. Aucune de Milena[1]. Nous n'avons que ses articles : l'éloge de la petite robe noire, de la mode, l'éloge des cafés, des faubourgs le dimanche, des trains, d'un film de Chaplin, une satire brillante du mariage et de la vie en commun, *Le Diable au foyer* ; et les huit lettres, fiévreuses, passionnées qu'elle adresse à Max lorsque s'achève sa liaison avec celui qu'elle appelle encore Frank. Franz, dans ses premières lettres, accolait l'initiale de son nom à son prénom. Milena ne voyait pas le z. Il ne l'a pas détrompée. Il est un autre, pour elle seule.

Milena lui confie ce qui ne va pas dans sa vie : sa santé. Il s'alarme, la supplie de quitter Vienne et d'aller se reposer au bord d'un lac, ou pourquoi pas à Merano, où il séjourne.

« Ah mon Dieu ! Milena, si vous étiez ici ! lui écrit-il. Cependant je mentirais si je disais que vous me manquez : car, c'est bien là la plus cruelle et la plus parfaite magie, vous êtes là, comme moi, non, plus que moi. Je ne plaisante pas, il m'arrive de penser que c'est moi qui

1. À la mort de Kafka, elle a demandé à Max Brod de les brûler.

vous manque ici, puisque vous y êtes, et que vous vous demandez : Où est-il donc ? Ne m'avait-il pas écrit qu'il était à Merano ? »

Elle lui parle de sa rupture avec son père (les pères au cœur de bronze, Franz les connaît. Le 21 juin, il lui envoie la *Lettre au père*) ; de ses démêlés conjugaux ; de ses difficultés financières (il lui expédie de l'argent). En retour, elle le questionne sur sa vie privée, ses trois fiançailles, ses liens avec le judaïsme, ses peurs, toutes ses peurs.

D'avril à fin juin, ils s'écrivent chaque jour, souvent plusieurs fois, toujours en express. Lorsque la fièvre monte, c'est un furieux va-et-vient de télégrammes. Franz adresse ses lettres à une fictive Mme Kramer, poste restante, où Milena se rend matin et soir. Chacun des deux vit dans l'attente, dans l'impatience d'en savoir plus, d'en dire plus :

« Cette rage de lettres est insensée, lui écrit Franz, on renverse la tête, on boit les mots, on ne sait plus rien sinon qu'on ne veut pas cesser. Expliquez-moi ça, professeur Milena. »

L'attirance qu'ils éprouvent l'un pour l'autre est si vive que dès les premiers jours de juin ils se tutoient et parlent d'amour.

« Dis-moi encore une fois tu, lui écrit-il. Et regarde-moi dans les yeux. »

Franz avait maintes fois appelé la robuste Felice « Ma fillette chérie, mon enfant. » Aujourd'hui, il appelle Milena : « Mon bébé, mon bébé. » Hier, il a osé un « maman Milena ». L'impétueuse jeune femme, « un feu vivant, tel que je n'en ai jamais vu », dit-il en parlant d'elle à Max, lui intime l'ordre de ne jamais plus utiliser ces ridicules vocables.

Lorsqu'il lit les lettres paisibles de Milena, il est heureux : « C'est de la pluie sur une tête brûlante. » Lorsqu'elle le rabroue, lui envoie des messages armés d'un aiguillon (les plus nombreux) et qu'il redoute comme le diable le bénitier, il cherche un meuble sous lequel se terrer, ce n'est plus qu'angoisse sur angoisse.

« Les lettres, nées d'un tourment incurable, lui dit-il, ne sont qu'incurables tourments. Les baisers écrits ne parviennent pas à destination, les fantômes les boivent en route. »

Dès le 12 juin, il ne supporte plus ces missives en zigzag.

« Elles doivent cesser, Milena, elles nous rendent fous ; on ne sait plus ce qu'on a écrit, on ne sait plus à quoi l'autre répond et, de toute façon, on tremble. »

Le lendemain, il change d'avis :

« Écris-moi quand même tous les jours, deux lignes à peine, une seule, un mot, mais de ce mot je ne puis me passer sans une effroyable souffrance. »

Lorsqu'il lui annonce qu'il quitte Merano et rentre à Prague, Milena lui demande, le supplie de passer par Vienne. Ses lettres ne lui suffisent plus. Franz s'affole d'autant plus qu'il vient de recevoir un télégramme de Julie, il parvient à peine à le lire : « Rendez-vous à Carlsbad le 8 juin, prière confirmer. » Il téléphone à sa fiancée, je suis trop délabré pour entreprendre ce voyage. Et il a peur, une peur affreuse d'aller à Vienne, de n'être pas à la hauteur des illusions que ses lettres et ses livres ont fait naître.

« Je ne veux pas, je ne veux pas (ce n'est pas du bégaiement) je ne veux pas passer par Vienne, c'est un effort moral que je ne supporterai pas, je suis malade depuis mes trois fiançailles. Mes vieilles nuits et mes maux de tête m'ont rendu les cheveux presque blancs. Songe à mes trente-huit ans (double-les puisque je suis juif) face à tes vingt-trois ans chrétiens.

— Viens, répond-elle, je suis dans une telle détresse ; j'ai besoin de ta présence. Je ne veux plus d'un visage qui ne soit qu'un papier à lettres couvert de mots.

— J'ai peur, je ne suis pas fatigué mais j'ai peur de l'extraordinaire fatigue qui suivra cette extraordinaire inquiétude.

— Souviens-toi de ce que tu m'as écrit : "Et une fois, et dix, et mille, et tout le temps je veux être près de toi."

— J'étais sincère, Milena. Mais bien des choses m'échappent, peut-être même toutes m'échappent-elles.

— Viens, serre-moi dans tes bras. Je t'aime.

— Chacune des heures à venir me regarde en ricanant : tu as reçu cette lettre et tu n'as pas été à Vienne ? Pas été à Vienne ? Pas été à Vienne ? Pas été à Vienne ?

— Viens.

— Je ne peux pas te dire encore si je viendrai à Vienne, mais je crois bien que je ne viendrai pas.

— Tu viendras.

— Aujourd'hui, je dirais peut-être que je viendrai sûrement à Vienne. Mais demain ? Je réserve ma liberté.

— Je t'attends.

— Si je viens à Vienne, je te télégraphierai mardi ou mercredi.

— Tu viendras.

— Milena, si tu n'as pas reçu de pneu jeudi, c'est que je serai rentré directement à Prague. J'ai passé deux nuits sans dormir.

— Je veux te voir.

— Je serai à Vienne mardi, à moins d'imprévu. »

Mardi 29 juin 1920, à dix heures du matin, Franz arrive à la gare du Sud. Il dépose son bagage à l'hôtel *Riva* (Riva, heureux présage), pourtant proche d'un garage où des moteurs pétaradent. Il s'attable devant un cacao et un assortiment de gâteaux, rédige un télégramme : il annonce à Milena son arrivée à Vienne et lui fixe un rendez-vous le lendemain matin devant son hôtel, à partir de dix heures. Son petit déjeuner terminé, il dépose sa lettre à la poste restante, puis tente de mettre à profit sa journée pour visiter les curiosités de la ville, se préparer à leur rencontre, calmer ses angoisses. Il craint que sa présence, la vue d'un individu long et maigre, ne dégrise Milena, ne mette fin à leur sorcellerie épistolaire.

Ils passent quatre jours ensemble, du 30 juin au 4 juillet.

Quatre jours illuminés, à entendre Milena :

« Si je ferme les yeux, je te revois à Vienne, près de moi, je revois ta chemise blanche et ton cou hâlé, tu gravissais la colline, tu martelais tes pas derrière moi. Tu as marché toute la journée, tu es monté, tu es descendu, tu es resté au soleil, la tête sur mon sein nu, tu n'as pas toussé une seule fois, tu as mangé terriblement, tu étais alerte, gai, tu as dormi toute la nuit. » (Qu'en sait-elle ? Ils n'ont jamais passé une nuit ensemble.)

Franz est plus réservé : certes, il n'oublie pas la forêt où ils ont longuement marché, la clairière où ils se sont étendus sur l'herbe chaude, le visage de Milena au-dessus, puis au-dessous du sien, la douceur de leur intimité physique, trop brève, et la délimitation de leurs corps. Il n'oublie pas le vent qui, au retour, gonflait les manches de la robe de Milena, Vienne à l'horizon, la promenade en voiture dans les faubourgs, la montée de la petite rue pavée, l'allée qu'éclairait le soleil du soir, et le bonheur d'être contre l'épaule découverte de Milena.

— Qu'il fait bon d'être avec toi, répétait-il.

Il repense souvent à la belle papeterie dans laquelle ils sont entrés et se sont tenus serrés l'un contre l'autre ; il regrette de n'y être pas resté plus longtemps. Il revoit, dans la chambre de Milena, son armoire monumentale, il n'aime pas cette armoire, elle lui rappelle celle qu'avait achetée Felice, un monument funéraire. Toutes ces jeunes filles, quel besoin ont-elles de ces meubles gigantesques ? Qu'ont-elles à y ensevelir, une fois mariées ?

Milena a parlé de Franz à son mari, et, comme dans les vaudevilles, Ernst, furieux, a juré qu'il allait frapper, non, étrangler le misérable amant. Franz en rit encore :

— Que ne l'a-t-il fait ! dit-il à Milena.

Avant de quitter Vienne, il sait qu'il est en train de perdre la partie. Chaque soir, il rentre seul à l'hôtel *Riva*, il passe seul ses matinées. Une clochette sonne à son oreille : Milena n'est pas avec toi. Elle ne quittera pas son mari pour toi. Et tes prières n'y feront rien.

Il se souvient de ses rencontres à Berlin, avec Felice. Chacune d'elles avait été un désastre. Autant ses lettres avaient resserré, fortifié leurs liens, autant sa présence, tel un acide, les avait dissous. Le même processus est-il de nouveau à l'œuvre ? se demande-t-il. Le 4 juillet, lorsque Milena, levée à l'aube, l'accompagne à la gare, vêtue de sa plus belle robe, la robe des adieux, lorsqu'il l'embrasse sur le quai, un baiser (trop public, trop appuyé ?) qui ne plaît guère à la jeune femme, il sait qu'il a perdu Milena. Le roman qu'ils ont édifié ensemble avec tant de passion, des lettres, et des lettres, et des lettres, et des aveux, et des confessions, chacun se livrant avec volupté à l'autre, n'est qu'un roman, un mirage qui tremble à l'horizon.

— Je ne peux pas quitter mon mari pour le moment.

Voilà la vérité. Et Milena n'avance que de piètres excuses :

— Ernst est malade, sans ressources, il ne pourra pas vivre seul. Et qui lui cirera ses bottes ?

De retour à Prague, Franz découvre sur son bureau une lettre de Julie, elle exige de le voir à trois heures, en bas de chez elle. Il décide de tout lui dire. Lorsqu'il arrive à six heures (il l'a prévenue de son retard), il lui trouve très mauvaise mine, mais ne s'en émeut guère. Adepte de la parésia (dire la vérité jusque dans le plus mince détail, et quelles qu'en soient les conséquences), il lui répète :

— Je suis avec Milena, je suis fondu en elle, je ne suis qu'avec Milena.

Un travail de bourreau.

Le visage de Julie se décompose, elle tremble de tout son corps, s'indigne :

— Cette femme a déjà un mari, un mari qu'elle aime. Elle te voit en cachette. Tu vis à Prague, elle est à Vienne, il lui faut toi en plus ? Laisse-moi lui écrire, elle comprendra que moi je n'ai que toi. Si je te perds, je n'ai plus rien, plus aucune raison de vivre.

— Je te garderai mon amitié et mon affection, tu le sais bien.

— Je veux voir ce qu'elle t'écrit. Montre-moi ses lettres.

— Il n'en est pas question.

— Donne-moi l'adresse de son mari.

Elle le supplie, en proie à un désespoir sans limites. Pour l'apaiser, et mettre fin à cet entretien, il l'autorise à écrire à Milena.

Ils se quittent alors que la nuit est tombée. Le lendemain matin, Franz envoie un mot urgent à Julie :

— N'envoie pas la lettre à Vienne avant que nous en ayons parlé.

Julie l'a écrite dès l'aube ; elle vient juste de la poster quand arrive ce pneu. Affolée, elle court à la grande poste. Elle est si soulagée de rattraper sa missive qu'elle perd la tête et donne tout son argent à l'employé du guichet. Le soir, elle la tend à Franz.

Ce soir-là, ils se voient pour la dernière fois. Encore deux échanges de lettres dans les jours qui suivent, et tout sera fini entre eux.

Que fait-il du plaidoyer de Julie ? Sans décacheter l'enveloppe, il l'expédie à Milena. Et Milena répond à « la petite » éplorée.

Que fait Julie de la réponse (très sèche) de sa rivale ? Elle la transmet à Franz sans commentaires, simplement marquée de coups de crayon. Elle a souligné de deux traits cette phrase : « Oubliez-le ! Il ne m'a jamais parlé de vous, ne m'a jamais écrit à votre sujet. »

Cruel mensonge ! Dès ses premières lettres, Franz lui a parlé de Julie, qu'il appelle « la petite ». Il lui a fait un compte rendu fidèle de leurs fiançailles, de leurs rencontres, de leurs échanges, il lui a même demandé de l'aider à rompre cette liaison ! Il s'aperçoit de la folie de sa démarche au moment où sa rupture avec Julie est définitive. Il n'en demande mille fois pardon qu'à Milena.

On perd la trace de Julie le 15 juillet 1920, le jour où, dans sa réponse à Franz, elle l'éconduit, non sans bon sens. On sait qu'elle a ouvert une boutique de modiste : Franz a suggéré à Ottla de s'y rendre et d'y acheter un chapeau.

Quelques années plus tard, en proie à des hallucinations, Julie est enfermée et meurt, en quelle année ? 1930, 1931, 1932 ? dans l'asile psychiatrique de Weleslawin, celui où Milena avait été enfermée sur ordre de son père. A-t-elle brûlé les quelques lettres de son fiancé pour le chasser de sa vie comme lui l'avait chassée de la sienne ? Aucune n'est restée.

Ce que l'on connaît de sa liaison avec la jolie modiste « d'une nature presque enchanteresse », avait-il dit, vient de la lettre qu'il adresse à la sœur de Julie. Une femme qu'il avait entraperçue à Schelesen, lorsqu'elle était venue ramener Julie à Prague. Pourquoi un si long récit, une vingtaine de pages, à une inconnue ? Qui ne lui demande rien. Qui ne lui a jamais adressé la parole. Et qui, certainement, n'ignore rien de leur idylle, ni de leur rupture. Veut-il se justifier ? Ou, peut-être, laisser une trace des liens qui les ont unis, des événements qui les ont séparés ? À la manière d'un mémorialiste soucieux de fixer les personnages qu'il rencontre, les accidents de l'histoire, les choses de la vie ?

Grete a libéré Franz de Felice, Milena le débarrasse de « la petite ». De la même manière : avec les armes qu'il a mises entre leurs mains : ses lettres.

Après Vienne, et cette première fêlure, Franz et Milena continuent de s'écrire aussi souvent, aussi longuement. Mais le ton de Franz n'est plus le même. Son amour, toujours obsédant, ne lui apporte que souffrance :

« Tu es ce que j'aime le plus, Milena, tu fais partie de moi (même si je ne devais plus jamais te revoir), mais tu es le couteau que je retourne dans ma plaie. »

C'est d'un ton triste, presque amer, qu'il lui dit :

« Milena, le souvenir de nos quatre jours illuminés ne doit pas te faire commettre une erreur : nous avons dû maintes belles choses à la certitude que tu avais de retrouver ton mari chaque soir. Je ne me bats plus contre lui pour te conquérir. Le combat n'a lieu qu'en toi-même. Au lieu de te libérer d'Ernst, j'ai resserré vos liens. »

Et encore :

« Si je t'avais convaincue durant ces quatre jours, tu ne serais plus à Vienne, mais tout simplement à Prague.

— C'est vrai, tu m'as demandé de quitter Ernst et de te rejoindre, je ne l'ai pas fait, je n'ai pas pu ! Je suis trop femme pour avoir la force de me soumettre à ta vie monastique, à ton ascétisme, le plus sévère. Moi, j'ai les deux pieds sur terre, et un terrible amour de la vie.

— On ne peut sauver quelqu'un que par sa présence. Par rien d'autre, tu le sais, Milena.

— Tu as raison. Si je t'avais rejoint alors que tu me suppliais de ne pas t'abandonner, je t'aurais donné la preuve de mon amour. Cette preuve te manquera toujours, et elle nourrit ta peur.

— Ma peur est ce que j'ai de meilleur, elle constitue ma substance, c'est peut-être aussi ce que tu aimes en moi. »

À la fin du mois de juillet, Milena manifeste le désir d'une rencontre immédiate. Ce ne sont alors que fastidieuses discussions sur la date de ce voyage, sa durée, un jour ou deux ? Sur les horaires de trains, « Ma tête n'est plus qu'une gare », dit-il. Ils choisissent de se retrouver à mi-chemin, sur la frontière austro-tchèque. À quelques jours du départ, Milena tombe malade ; elle annule le voyage. Elle avoue à Franz qu'elle ne trouve pas de mensonge plausible à débiter à son mari, dont elle craint la violence.

Puis elle décide qu'ils se verront le dimanche 14 août, durant six heures, entre deux trains : en partant de Vienne à sept heures du matin, elle arriverait à Gmünd à onze heures. Elle en repartirait en fin d'après-midi, serait de retour en fin de soirée. Ainsi, de son escapade, son mari n'aurait aucun soupçon.

Gmünd est un désastre. Pourquoi ? Ni l'un ni l'autre des amants n'en donnent le moindre récit. À cinq ou six reprises, Franz annonce à Milena :

« Il faudra que nous nous écrivions au sujet de Gmünd, ou que nous en parlions. »

Mais il ne le fait pas. Milena n'est pas plus désireuse de revenir sur ce qui s'est passé, ou ce qui ne s'est pas passé à Gmünd. Un souvenir dont ils n'ont pas le cœur de discuter. À quoi bon ?

À part le fait qu'ils se sont vus durant six heures, que reste-t-il de cette journée ? Ce bref, cet étonnant échange :

« M'as-tu été infidèle à Prague ?

— Milena, je ne comprends même pas le sens de ta question. »

Et cet ordre de Franz :

« Cesse ta correspondance avec Max. Je veux que personne ne se glisse entre nous, ou ne s'impose à nous. Si mon état de santé t'inquiète, c'est moi le malade. Moi seul peux te donner de mes nouvelles. »

Des indices nous apprennent que dans cette ville frontière les deux amants (qui ne le sont plus) se sont parlé souvent et longtemps, mais comme des étrangers.

« Il y a eu surtout, lui écrit-il, des malentendus (lesquels ?) et de la honte, une honte presque ineffaçable (honte de quoi ? de son extrême fatigue, de son impuissance ? Seul le désir est vrai, avait-il affirmé) des mensonges (si j'étais venu te chercher à Vienne, tu serais près de moi, le reste est mensonge). » Tout est de sa faute à lui, il lui est tellement inférieur : « À côté de toi, je me sens crasseux. »

Retour en arrière : que s'est-il passé durant les six semaines qui séparent Vienne de Gmünd ? Les détails qui foisonnent sur cette période recèlent peut-être des éléments de réponse.

Dès que Franz, la tête vide et lasse, quitte Vienne comme un vaincu, encore une défaite ! l'impérative, l'exigeante Milena lui adresse des listes de commissions. Alors, il court d'une boutique à l'autre à la recherche du tricot et des dix livres qu'elle lui a demandés. Il fait la queue pour obtenir le permis d'exportation nécessaire à chacun des colis qu'il lui envoie, et dans lesquels il glisse de l'argent.

Durant deux longues journées, sous une chaleur accablante, il fait 38 degrés à l'ombre, et les tramways sont en grève, il erre entre les tombes du cimetière à la recherche de celle de Jenichek, le frère de Milena, mort au berceau ; il a la tête qui tourne à force de se pencher pour lire les inscriptions tombales dont l'or s'est effacé. Au bout de fastidieuses démarches, il découvre que ce bébé a été enterré non pas sous le nom de son père, Jesensky, mais sous celui de sa mère. Milena avait omis de lui transmettre ce détail.

Se demande-t-il, lorsqu'il dépose un bouquet d'œillets multicolores sur l'extrême bord de la pierre, pourquoi Milena l'a envoyé sur la tombe de ce nourrisson, mort il y a plus de vingt ans ? Pour le punir ? De quoi ? De faire le deuil de leur amour, et de l'enfant qu'il ne lui a pas donné, qu'il ne lui donnera jamais ?

Elle l'a chargé d'aller discuter avec Laurin, l'ennuyeux, l'intarissable directeur de la *Tribuna,* pour lequel elle écrit. Puis de rencontrer de nombreuses fois ses deux amies d'enfance : la première, il la trouve épouvantable :

« Quand je veux imaginer l'enfer, dit-il à Milena, je pense à Stasha. »

L'autre, Jarmila, ressemble à un spectre, un ange de la mort. Elle est en plein drame : son mari, Joseph Reiner, a découvert qu'elle entretenait une liaison (peut-être platonique) avec l'un de ses amis. Il s'est donné la mort. L'annonce de ce suicide fait planer une menace sur Franz et Milena : et si Ernst faisait de même ?

Autre mission plus difficile : Milena, malade et à court d'argent, veut se réconcilier avec son père, et obtenir qu'il lui verse une rente régulière. Franz ne se sent pas de taille à rencontrer le méprisant professeur Jesensky. Il préfère mener des négociations avec Vlasta, son assistante, qui est aussi sa maîtresse. Après plusieurs allées et venues, il obtient gain de cause : Milena pourra se soigner à Saint-Gilgen, au bord d'un lac, comme elle le souhaite.

Lorsqu'il lui annonce la nouvelle, elle s'indigne :

« Tu as tout fait avec une bêtise, une indifférence et une grossièreté désolantes ! »

Il a passé six semaines à parcourir la ville sous une chaleur caniculaire, à grimper des escaliers en spirale dont il ne voyait plus la fin, à subir les bavardages, les visites, les remarques désobligeantes de Stasa et de Jarmila, il a parlementé des après-midi entiers avec des gens qui le rebutent et l'inquiètent. Vidé de ses forces, il a passé ses soirées sur son fauteuil, incapable d'un geste, la poitrine en feu, le corps couvert de sueur, une sueur qui jaillit, lui semble-t-il, du front, des joues, des tempes, du cuir chevelu, du crâne entier. Inerte, il a regardé par la fenêtre l'immeuble d'en face, une maison d'un étage, sans pouvoir en détacher ses regards.

Un soir, Max lui rend visite. Il est si alarmé par son état d'épuisement qu'à l'insu de Franz il écrit à Milena, la prie instamment de ménager son ami :

« Sa maladie s'est aggravée, ne le saviez-vous pas ? »

Lorsque la nuit lui apporte un peu de fraîcheur, lorsqu'il cesse de tousser, Franz, malgré ses migraines, s'assoit à son bureau. Il s'applique à rédiger un minutieux compte rendu de ses missions, qu'il truffe de plaisanteries, de remarques piquantes sur les uns et les autres dans l'espoir de s'attirer des marques de gratitude, un sourire, un compliment du professeur Milena.

Qui lui fracasse sa règle sur la tête.

« Comment l'âme se soulagerait-elle de son fardeau autrement que par un peu de méchanceté ? » lui avait-il écrit. L'ingrate s'excuse par télégramme. Trop tard. Il reste assommé par son effroyable absurdité. Il ne parvient plus à ôter le venin des reproches qu'il essuie, en rafales. Il n'est plus capable de lire les lettres de Milena. Il prie pour que la jeune femme disparaisse par la fenêtre, il n'a plus la force de vivre avec un ouragan dans sa chambre.

Le ressentiment, le remords, la lassitude, la fin d'une illusion, voilà sans doute ce qui fermentait à Gmünd.

Une des mille scènes possibles :

Kafka a si peur de cette rencontre qu'il n'a pas dormi depuis il ne sait combien de jours. Lorsqu'il descend du train, son anxiété est telle que ses jambes flageolent. Milena s'avance à sa rencontre, elle porte la robe qu'il préfère, celle des adieux. À la vue de cet homme aux cheveux grisonnants, à la démarche lente, et qui la regarde de tous ses yeux, des yeux brûlants de peur, il voudrait lui crier : « Milena, en venant vers moi, tu te précipites dans l'abîme », cette jeune femme, vingt-quatre ans, ne peut retenir un mouvement de recul ; l'homme de Gmünd n'est plus l'homme de Vienne, l'amant tendre, gai, alerte qu'elle aimait. L'homme qui lui tend les bras est gravement malade. L'immense, l'irrésistible déception qu'elle éprouve saute au visage de l'étranger qui lui fait face.

Six heures ensemble ; d'abord allongés sur un coin d'herbe, puis, lorsqu'il commence à pleuvoir, étendus comme des gisants sur le lit aux draps douteux du triste hôtel de la gare, un hôtel de commis voyageurs.

Franz, les yeux fermés, s'agrippe à la main de Milena comme s'il craignait de se noyer. Elle n'a pas découvert son épaule, il n'a pas posé ses lèvres sur son sein nu. De la main, elle lui caresse le visage, comme on caresse un enfant fiévreux. Entre des moments de silence, il revient sur le même sujet :

— Si tu n'as pas pu, si tu n'as pas voulu quitter ton mari, alors que votre ménage va si mal, ce n'est pas parce que Ernst est malade, ce n'est pas parce qu'il te tient sous sa coupe. C'est pour ne pas vivre avec moi. C'est moi ton fléau ; au lieu de te séparer de ton mari, je t'en ai rapprochée, voilà la vérité qui m'obsède. Tout le reste n'est que mensonges. Ne parlons plus d'avenir, nous ne vivrons jamais ensemble, même pas dans la même ville. Ne nous occupons que du présent.

— Cesse de me torturer ! crie-t-elle.

— Je te l'ai dit maintes fois, Milena, je ne m'occupe pas d'autre chose que de subir la torture, ou de l'infliger.

— Pour quelle raison ?

— M'arracher la vérité. Extorquer l'aveu.

Avant de quitter cette chambre, la jeune femme s'est peut-être attardée dans le cabinet de toilette. Déchirée par le remords, la culpabilité, elle se souvient de la lettre de Max qui lui demandait de ménager Franz, elle n'a pas tenu compte de cet avertissement, elle n'a pas cessé de l'accabler de reproches, elle se dit qu'il va bientôt mourir, il n'a pas la capacité de vivre. Franz est le seul homme au monde à ne jamais accepter un compromis. Nul n'a la force immense qui est la sienne, nul n'a cette nécessité absolue d'atteindre la vérité. La pureté.

Lorsqu'ils reprennent le chemin de la gare, Franz décide d'envoyer une carte postale à Ottla, sa sœur, son amie, sa confidente. Pourquoi cette carte qui arrivera après lui ? Veut-il laisser une preuve de sa rencontre avec Milena ? Il est si fatigué qu'il s'en dit incapable. Et la preuve n'en devient que plus probante : il demande à Milena de rédiger les deux lignes qu'il lui dicte. Et au-dessous desquelles, elle ajoute : « Il n'a pas pu en venir à bout. Bien cordialement à vous. » Ottla a conservé cette carte, on peut y voir l'écriture de Milena mais non sa signature. Une prudence de femme mariée.

Après Gmünd, elle part se reposer à Saint-Gilgen. Durant les deux semaines de son séjour, et le long mois de novembre, ils se posent la même question : pourquoi notre liaison se termine-t-elle ?

Kafka continue à s'en attribuer la faute.

« Mais la vraie raison, lui dit-il, c'est l'impuissance de sortir de toutes ces lettres, mille lettres de toi, mille désirs de moi ne changeront rien à la chose. »

Une fois encore, il lui parle de sa peur, une peur étendue à tout : peur du grand, peur du petit, peur de la nuit, peur de la non-nuit, peur convulsive de dire un seul mot, peur de s'aventurer dans un monde hérissé de pièges, peur de l'avenir, peur de tout ce qui vit sans pudeur, peur d'être abandonné, peur infernale de souffrir. Et, surtout, peur de n'être jamais à la hauteur de ce qu'on attend de lui, peur insurmontable de décevoir les femmes qu'il aime, hantise d'être impuissant. Lorsqu'à Vienne ils avaient fait l'amour sur l'herbe, à plusieurs reprises il avait senti sa gorge s'étrangler. Quand sa peur survenait, Milena le regardait dans les yeux, ils attendaient un moment, il retrouvait son souffle, et tout redevenait simple et clair.

À Milena, et à elle seule, il livre le récit de sa première expérience sexuelle, qui, dit-il, est à l'origine de sa peur du sexe. Il a vingt ans, il est étudiant en droit. Un jour d'été très chaud, alors qu'il s'échine à apprendre par cœur un chapitre du droit romain, il observe de sa fenêtre la jeune commise du magasin de confection, situé en face de chez lui ; elle prend le frais sur le trottoir. La jeune fille le regarde, il la regarde. Ils se sourient. Par signes ils conviennent d'un rendez-vous. Lorsqu'il se présente à huit heures, elle est en conversation avec un homme. Au moment où ils s'éloignent, elle fait signe à Franz de les suivre ; le couple va s'asseoir dans un café, ils prennent une bière. Lui aussi, seul à la table voisine. Ils se dirigent ensuite du côté de chez la jeune fille, Franz à leurs trousses.

C'est pour lui irritant, excitant, abominable. L'homme prend congé. Peu après, Franz et la commise vont à l'hôtel. Ils n'en sortent qu'au petit matin. Il la revoit deux jours plus tard. Son corps qui gémissait depuis de longs mois est soulagé, heureux. Peu après, Franz part en vacances. À son retour, il ne supporte plus de voir cette fille, pourtant fort aimable, il ne peut pas lui dire un mot, pas une excuse, rien.

Pourquoi ? À l'hôtel, cette fille a eu, en toute innocence, un geste horrible qui, dit-il à Milena, ne vaut pas d'être détaillé, et elle lui a dit une petite saleté, qui ne mérite pas non plus d'être rapportée. Mais qui l'attirent avec une folle violence.

Par la suite, son corps (il en parle comme d'un objet dont il a la charge) a été à intervalles irréguliers insupportablement secoué de ce désir lancinant, ce désir d'une petite chose sale, répugnante. Le souvenir de ces deux petites abominations, ce petit geste, ce petit mot, ne s'est jamais effacé, et il a longtemps cru que cette saleté et cette horreur faisaient partie intégrante du tout. Il lui en est resté, à jamais, un souvenir, une mauvaise odeur, un peu de soufre, un peu d'enfer jusque dans le meilleur du plaisir.

« C'est une bagatelle qui a décidé de ma vie sexuelle, il en a été de même dans les grandes batailles de l'histoire, ironise-t-il. Le sort des bagatelles est décidé par des bagatelles. »

Il ne confie qu'à son *Journal* son goût pour les bordels : « Je suis passé près du bordel comme si c'eût été la maison d'un être aimé », écrit-il. Lors de ses promenades quotidiennes dans Prague, il choisit les rues où il y a des prostituées, passer devant elles l'excite.

Parfois il accoste l'une d'elles. En juin, il y en a eu six. Il ne connaît rien de plus agréable, de plus innocent que la réalisation de ce désir, il n'en a aucun remords. Il ne désire que les grosses filles un peu mûres qui portent des vêtements démodés auxquels toutes sortes de fanfreluches donnent un certain air de luxe. Ou celles aux derrières abondamment charnus. Il y en a une à qui personne, à part lui, ne trouverait quoi que ce soit de séduisant. Elle fait le trottoir, vêtue d'un manteau jaunâtre très collant. Lorsqu'elle croise son chemin, il se retourne plusieurs fois pour la regarder. Hier, il a rencontré une fille qui est un abîme de laideur. Elle lui plaît fort malgré tout.

À Paris, avec Max Brod, il a fréquenté les bordels : il a décrit leur organisation, la sonnette électrique dont ils sont équipés. Il a regretté le fait qu'il y ait trop de filles dans ces salons, et qui vous serrent de près, difficile de faire son choix.

« Je suis incapable de comprendre comment je me suis retrouvé dans la rue, incapable de comprendre comment, tant la chose s'est faite vite. »

Si vite ?

Depuis qu'il connaît Milena, il n'est plus absurdement poussé dans un monde sale absurdement. Grâce à elle il n'a plus la nostalgie de la saleté. Il n'a plus peur.

À vrai dire, à Gmünd, la peur est revenue à la seule idée que Milena ne sera jamais à lui. Il l'a perdue.

Le 20 novembre 1920, il clôt leur correspondance amoureuse. Milena s'incline. Elle n'a, lui dit-elle, que l'espoir de s'éloigner de lui, tout à fait.

Vers la mi-décembre, il fuit. Sur les conseils de son médecin, il se réfugie à Matliary, un sanatorium situé dans les Tatras, à neuf cents mètres d'altitude, qui reçoit des malades mais aussi des touristes, qui viennent chasser. Prolongeant ses congés les uns après les autres, il y reste dix mois, jusqu'au 26 août 1921.

À Max Brod, à Ottla, à ses amis, il décrit avec vivacité, souvent avec quelle gaieté ! les chambres qu'il occupe avant de trouver celle qui lui convient. Il croque les portraits des pensionnaires qui l'entourent, une trentaine, rapporte leurs conversations. Il sait à merveille et sincèrement écouter, alors les convives ne se gênent pas devant lui, et à table l'antisémitisme alimente la conversation : on fustige la légendaire pusillanimité des Juifs (les lâchetés auxquelles ils auraient eu recours pour être réformés durant la guerre). « Quant aux communistes juifs, écrit-il à Max, on les noie dans la soupe et on les découpe avec le rôti, on rit avec une certaine admiration, après quoi on s'excuse encore auprès de moi. »

Il détaille son régime (des litres de lait et de crème, plus du tout de viande, elle réveille ses hémorroïdes). Il se plaint (encore et toujours) des bruits qui lui parviennent de la cuisine, du restaurant, des chambres, du balcon voisin « où un jeune homme (quel peuple !) fredonne des mélodies hébraïques, la main enfoncée dans sa braguette ».

Pour échapper à ce tintamarre qui le rend fou, son ouïe, aiguisée par l'angoisse, perçoit tout, il se réfugie, comme il l'avait fait à Zürau, chez Ottla, dans une belle prairie, au milieu des bois, une île entre deux ruisseaux. Là, plongé dans le silence, tel un poisson dans un aquarium, il se demande si les bruits de ses voisins l'irritent parce qu'ils accusent le vide de son existence, et la solitude dans laquelle il se complaît.

À Max seulement, il parle de son état de santé, de ses furoncles à la fesse, si profonds qu'ils ne cicatrisent pas, de ses flirts, deux promenades avec une jeune fille dans la forêt, il ne s'est rien passé, précise-t-il, juste quelques longs regards ; de la violente tempête de neige qui fait rage depuis quinze jours et qui le jette au fond de son lit ; la fièvre grimpe, il ne peut ni lire, ni écrire, ni dormir, ni veiller, il est trop délabré, il n'arrête pas de tousser. Alors qu'il se remet de cette grippe, une fièvre intestinale l'abat de nouveau.

Les lettres de Matliary ressemblent aux exercices de style auxquels il se livrait à Zürau lorsqu'il décrivait ses combats héroïques contre le peuple des souris. L'une d'elles relate sa visite à l'un de ses voisins de chambre, un Tchèque atteint d'une laryngite tuberculeuse ; un jour, ce malade l'attire dans sa chambre et, d'une voix caverneuse, lui explique comment, par un jeu de miroirs, il capte les rayons du soleil pour irradier les ulcérations qui enflamment sa gorge, au risque de se brûler gravement. Il ouvre alors grand la bouche pour exposer ses plaies à son visiteur. Kafka sent la syncope fondre sur lui comme une vague, il n'entend, ne voit plus rien, en s'aidant des murs il se réfugie sur le balcon, où il reste au froid. Ayant retrouvé quelque force, il quitte la chambre de ce malade sans prendre vraiment congé de lui. Juste quelques mots, « Quelle belle soirée ! » pour expliquer sa sortie sur le balcon, « Je me sens très fatigué », pour justifier sa fuite.

Ce qu'il a vu, dans ce lit, est, dit-il, « bien plus terrible qu'une exécution, pire même qu'une torture ; toute cette vie misérable, la fièvre, l'asphyxie, les miroirs, l'absorption des drogues, n'a pour but que de prolonger la torture que ce malade s'impose de son plein gré ; et par-dessus ce bûcher qui se consume lentement, les parents, les médecins, les visiteurs rafraîchissent, consolent le torturé, l'encouragent à supporter d'autres souffrances ; et une fois dans leur chambre, terrifiés, ils se lavent les mains, comme je viens de le faire ».

À Matliary, il n'y a pas que des malades à l'agonie. Il y côtoie des jeunes filles, des jeunes gens en bonne santé, de jolies serveuses, de nombreux touristes. En février, il se prend d'une véritable amitié pour l'un des pensionnaires, Robert Klopstock, un jeune homme de vingt et un ans, qui a interrompu ses études de médecine pour soigner ses poumons, à peine atteints. Originaire de Budapest, ambitieux, intelligent, littéraire, ce jeune homme est grand, large, les joues rouges, blond, presque trop corpulent (surtout comparé à Franz, qui peine à reprendre les kilos perdus). Robert vient chaque soir dans sa chambre lui faire avec le plus grand soin des enveloppements d'eau froide. Ils discutent durant des heures. Franz s'intéresse de plus en plus à lui ; il demande à Ottla de lui envoyer des livres, à prendre dans sa bibliothèque, précise-t-il.

Et à Max :

— Peux-tu l'aider dans sa carrière ? Il est juif, mais, non, il n'est pas sioniste. Dostoïevski et Jésus sont ses maîtres.

Depuis la lettre du 20 novembre, Milena ne sait rien de lui. Rompant la promesse faite à Max, elle écrit à Franz. Il lui répond ces quelques lignes : « Ne m'écris pas et évite que nous nous rencontrions ; exécute seulement cette prière sans rien dire, elle seule peut me permettre de continuer un peu à vivre, le reste ne peut que me détruire. »

Milena obéit mais, vers la mi-avril, un soir de détresse, elle lui écrit encore ; elle le supplie de lui donner une dernière fois de ses nouvelles. Il apprend par Max que, sérieusement malade, elle s'est réconciliée avec son père, chez qui elle a décidé d'aller vivre. Aussitôt, il demande à son ami :

« Préviens-moi de sa présence à Prague, de la durée de son séjour, je ne veux pas la rencontrer. »

Sa résolution ne tient pas. Fin août, il revoit Milena. Les premiers jours d'octobre, il lui remet ses treize gros cahiers (elle est la seule à lire, ou à détenir ? son *Journal* de son vivant). Fin novembre, il la reçoit quatre fois de suite chez lui ; il ne quitte plus guère son lit ; des visites affectueuses et fières, comme toujours, mais un peu lasses, un peu contraintes, comme les visites que l'on fait aux malades.

Dans l'antichambre, elle croise ses parents ; ils lui font un accueil glacial, surtout Hermann Kafka qui maugrée sur son passage.

Tandis que Franz contemple la jeune femme, assise en face de lui, il se souvient de leur rencontre au Café Arco.

Il se dit : « Je suis une mémoire vivante, voilà l'une des causes de mes insomnies, toujours Milena, ou peut-être pas Milena, mais une lumière dans les ténèbres. »

Y aurait-il dans ces ténèbres le souvenir d'une humiliation jamais avouée ?

N'est-il pas étrange que, dans la masse de lettres que lui adresse Kafka (près de cent cinquante), on ne trouve nulle part l'écho de l'admiration qu'elle éprouve pour son œuvre ? Alors que lui couvre d'éloges assourdissants le moindre de ses articles.

C'est parce qu'elle a lu *Le Soutier, La Métamorphose, Le Médecin de campagne,* que Milena a pris la décision de les traduire ; ce sont ces textes qui l'ont, tel un fil d'Ariane, menée et liée à Kafka.

Durant des mois de labeur elle a cherché, pour chacun des mots qu'il a écrits, son équivalent le plus fidèle en tchèque, attentive à rendre le rythme de la phrase, les intentions cachées de l'auteur. Nul, donc, ne l'a lu avec plus de vigilance qu'elle.

Elle lui soumet chacune de ses traductions ; aussitôt, il la félicite, l'encense, l'appelle « professeur Milena » ; il rêve d'être son élève, l'assure qu'elle rend lisibles « ses mauvaises histoires, extraordinairement mauvaises » ; c'est à peine s'il ose relever dans ses traductions quelques fâcheux contresens.

Au début de leur correspondance, en mai, il raconte à sa « Chère Madame Milena » l'histoire du premier succès de Fiodor Dostoïevski : l'écrivain russe vient d'achever son premier roman, *Les Pauvres Gens* ; l'ami qui partage sa chambre, Grigorowitsch, et qui écrit lui aussi, le lit aussitôt ; ravi, il subtilise ce manuscrit et court le confier au critique le plus célèbre du pays. À quatre heures du matin, on sonne chez Dostoïevski : son ami et le fameux critique entrent ; Nekrassov, qui voit Fiodor pour la première fois, l'embrasse, l'étreint, l'appelle « l'espoir de la Russie ». Ils passent deux heures ensemble, parlent principalement du roman.

Kafka ajoute que Dostoïevski, qui dans ses souvenirs parle de cette nuit comme de la plus belle de son existence, se penche à sa fenêtre et suit des yeux les deux hommes qui s'éloignent, à l'aube ; la gorge nouée par l'émotion, il se met à pleurer ; il ne cesse de répéter : « Quelles splendides natures ! Qu'ils sont bons, qu'ils sont nobles d'être venus dans la nuit, sans attendre. Ah, que cela est beau, ah que cela est noble ! »

Ce n'est pas tout.

Le 1er août, Franz rêve de Milena, un rêve triste qu'il lui rapporte avec une foule de détails : ils se promènent ensemble dans une rue de Prague ; Milena, le visage ostentatoirement poudré, et mal poudré, lui témoigne de la froideur, une froideur qu'il ne s'explique pas ; au café, ils rencontrent un homme qui ressemble à Dostoïevski et qui se montre cordial, ouvert et compréhensif chaque fois que Franz lui pose une question. Et qui l'ignore dès qu'il cesse de l'interroger.

Ces deux récits restent sans effet : Milena refuse d'être Nekrassov ; sans doute las d'espérer sinon un compliment, du moins un encouragement, il se contente d'un reproche :

« Grondez-moi à fond, lui dit-il, car vous savez tout faire, mais gronder mieux que le reste. »

Alors qu'il a violemment reproché à Felice de ne rien lui dire de son premier recueil, Franz n'ose interroger directement Milena. Ils parlent de littérature ; Stevenson, dont Kafka ne sait rien, est l'écrivain que Milena préfère, avec Tchekhov ;

Franz, lui aussi, aime beaucoup Tchekhov, parfois follement ; en revanche, il descend en flammes un roman qu'à plusieurs reprises Milena exige qu'il lise d'urgence, et qu'elle porte aux nues : *Marie Donadieu*[1].

Il continue quand même à lui tendre la perche : il lui dit avec quelle hâte, quelle émotion il lit chacun de ses articles, il ne peut souffrir d'en rater un seul, il les commente, les conserve comme des reliques. Il les achète par dizaines, ainsi que les nouvelles de lui qu'elle a traduites.

Il lui a envoyé la *Lettre au père* ; les premiers jours du mois d'octobre 1921, il lui a remis son *Journal*. Elle est la seule personne à laquelle il confie ses volumineux cahiers bleus. Max lui-même n'en a lu que de rares passages.

Franz attend, on serait prêt à le jurer, que Milena, séduite, lui fasse l'aumône de quelques fleurs. Or, une fois encore, elle ne lui en dit rien. La preuve ? Le 20 janvier 1922, quatre mois plus tard, il note de lui poser cette question :

« As-tu trouvé dans le *Journal* quelque chose de décisif contre moi ? »

Il se demande peut-être si Milena a pris la peine d'ouvrir l'un de ses cahiers ; les aurait-elle fourrés, et oubliés dans un coin de sa monumentale armoire ?

Se résout-il à mendier un reproche pour la forcer à lire son cœur mis à nu ?

Le 18 janvier 1923, gravement malade, il lui écrit une lettre interminable, des félicitations

1. Un roman de Charles-Louis Philippe.

qui fleurent la flatterie ; il vient de lire une chronique de Milena, *Le Diable au foyer*. Il ne trouve pas assez de mots pour lui dire son admiration : « Un merveilleux et émouvant article, où le caractère fulgurant de votre pensée frappe et touche. »

À l'inverse de Max, Oskar, Felix et Ernst qui, enthousiastes, se tordaient de rire lorsque Franz leur lisait *La Métamorphose* ou les premiers chapitres du *Procès*, les femmes, celles qui sont amoureuses de lui, découvrent dans son œuvre un monde où l'homme n'est qu'une ombre pitoyable devant le soleil, un monde absurde où toute entreprise est vouée à l'échec, où les innocents se reconnaissent coupables, ou le messager impérial lui-même ne peut délivrer son message car « s'il parvenait au bas de l'escalier, il n'en serait pas plus avancé, il lui faudrait traverser les cours ; et après les cours, le second palais qui les entoure, et de nouveau des escaliers et des cours, et de nouveau un palais ; et ainsi de suite durant les siècles des siècles ». Glacées d'effroi, ces amoureuses ne savent plus qui est l'homme qu'elles aiment, elles ne distinguent plus la fiction de la réalité.

Et pourtant... Le lendemain de la mort de Kafka, Milena fait paraître une notice nécrologique qu'on ne peut lire, et relire, sans en être ému. Une admirable analyse de l'homme et de l'œuvre, une des plus sensibles jamais écrites[1].

---

1. On en trouvera un extrait dans « Après 1924 », pp. 244-245.

Le 8 mai 1922, il voit Milena pour la dernière fois. Et cette entrevue se clôt comme une plaie qui ne guérit pas.

« Ne sois pas malheureux, s'adjure-t-il dans son *Journal*, ne t'impose aucune contrainte, mais ne sois pas malheureux de ne te contraindre à rien, cesse de flairer lascivement les possibilités de contraintes. »

Il a beau se sermonner, la détresse le serre de près.

Une énigme, toujours la même, le poursuit : s'il a pu être heureux à Marienbad, avec Felice, pourrait-il l'être encore aujourd'hui, ici, à Prague, avec Milena ? Après leur douloureuse rupture à Gmünd ?

Il en doute ; il y a entre lui et Milena non pas un mur mais un tombeau. Pourtant, le désir sexuel le presse, le torture jour et nuit. « Pour le satisfaire, se dit-il, il me faudrait surmonter ma peur, ma pudeur et sans doute aussi ma tristesse. »

Rejeté par Milena, banni, expulsé du monde et des vivants, incapable, croit-il, de se lier avec quiconque, il s'enterre : il se sauve dans le silence, dans la nuit de son terrier, le seul lieu où il se sente à l'abri. En neuf mois, au fil de la plume, il édifie *Le Château*[1], son troisième et dernier roman, le plus personnel, et le plus allégorique, celui sur lequel on ne finit pas de s'interroger : est-ce le souvenir d'une désillusion qui plane, là-haut ?

1. *Le Château* (resté inachevé), est édité par Kurt Wolff à Munich, en 1926. À mille cinq cents exemplaires, qui se vendront mal.

IV

Dora

- Du 13 juillet 1923 au 3 juin 1924 -

« Si je devais atteindre ma quarantième année, j'épouserais probablement une vieille fille aux dents de devant proéminentes et quelque peu découvertes par la lèvre supérieure. »

Journal

La jeune fille et la mort

Quand il s'interroge sur son identité, Franz Kafka reconnaît qu'il est juif parmi des non-Juifs, non croyant parmi des croyants, allemand parmi des Tchèques. Certes, il écrit en allemand mais avec le sentiment qu'il s'approprie un bien qui n'est pas à lui, ses pattes arrière, dit-il, collent encore à la langue de ses pères.

C'est en mai 1917, l'année où se déclare sa tuberculose, l'année de sa rupture définitive avec Felice, qu'il se rapproche du judaïsme ; trois ans plus tôt, il avait déclaré qu'il n'avait rien de commun avec les Juifs, c'est à peine s'il avait quelque chose de commun avec lui-même. Maintenant, il suit de près les courants culturels et politiques qui agitent les intellectuels juifs de Prague. Il s'est abonné à la revue sioniste *Selbstwehr* (Autodéfense) que dirige son ami, le philosophe Felix Weltsch[1], et il dévore chaque numéro de la première à la dernière ligne. Avec bonheur et avidité, il a lu les

1. Bibliothécaire à l'université de Prague, il émigra en Palestine, devint bibliothécaire de l'université de Jérusalem, où il mourut en 1964.

trois volumes de l'*Histoire populaire des Juifs*, d'Heinrich Graetz.

Il a commencé par apprendre l'hébreu seul, grâce aux 45 leçons du manuel de Moses Rath. Puis il a eu recours à des professeurs : le premier, Georg Mordechai Langer, a rejeté avec ostentation son éducation occidentale ; il s'habille et vit comme un hassidique. Le rabbin Friedrich Thieberger est un philologue sioniste, passionné de photographie. Le troisième est une jeune fille née à Jérusalem, Puah Ben Tovim.

Les trois lui enseignent la langue profane qu'a forgée un Lituanien, Eliezer Ben Yehuda. Émigré en Palestine, ce visionnaire se bat depuis novembre 1917, depuis la déclaration d'Arthur James Balfour, pour l'imposer comme la langue nationale. Alors que Theodor Herzl croyait qu'en Terre promise on parlerait allemand.

De ses professeurs, Franz préfère Puah parce qu'il se sent plus à l'aise en présence d'une jeune fille, parce qu'elle lui enseigne sa langue maternelle, parce qu'elle est le premier oiseau venu de Palestine. Elle lui donne trois cours par semaine, chez lui, dans sa chambre. Lorsqu'elle entend son fils tousser, Mme Kafka accourt, inquiète. Le regard noyé de larmes de Franz la cloue sur le seuil. Elle se retire, la tête basse. Puah ne sait plus si elle doit poursuivre la leçon comme l'exige son élève, ou l'interrompre comme le souhaite sa mère.

Il s'applique avec tant d'obstination qu'il entreprend bientôt la lecture d'un roman de

Brenner, *Stérilité et échec*, un livre difficile qui ne lui plaît pas, il ne peut en lire qu'une page par jour. Mais il aime sans restriction ce que Puah lui dit de sa vie en Palestine, du métier de professeur de mathématiques qu'elle exerce à Prague, où elle est venue passer un an. Cette jeune fille a le don de laisser derrière elle un peu de sa gaieté et de sa sereine assurance.

Au fil des mois, il couvre cinq cahiers[1] d'exercices de grammaire et de colonnes de vocabulaire : à gauche les mots en allemand, à droite en hébreu. Sur dix feuillets épars, des débuts de récits et des lettres en hébreu, des gribouillages, des dessins. Sauvegarder une identité en péril et la mémoire d'un peuple lui semble maintenant nécessaire[2].

À intervalles réguliers, tel un rêve récurrent, il projette d'émigrer en Palestine. Sur les bords de la Méditerranée, secs et ensoleillés, il se porterait mieux, les conditions de vie seraient relativement peu coûteuses ; ses fruits préférés, cerises, bananes, fraises, seraient tous les jours sur sa table. À Prague, ils sont hors de prix. Il y aurait lieu, estime-t-il, de mettre le coût de la vie plus souvent sur le tapis.

En octobre 1922, encouragé par Else Bergmann, l'épouse de l'un de ses condisciples, il envisage sérieusement de partir. N'est-il pas légitime de quitter Prague, de fuir la haine antisémite ?

1. Puah Ben Tovim a offert à la Bibliothèque nationale d'Israël le cahier d'hébreu que Kafka lui avait laissé.
2. Ni ses cahiers ni ses lettres en hébreu n'ont été publiés. Selon son habitude, Franz entame ses cahiers par les deux bouts et le texte se rejoint au milieu (il a souvent fait de même dans son *Journal*).

N'est-il pas naturel de quitter un lieu où l'on vous hait tant ? Rester quand même, dit-il, c'est adopter l'héroïsme des cafards que rien ne chasse de la salle de bains.

Le quotidien tchèque *Venkov* sert chaque jour à ses lecteurs des faits récoltés on ne sait par qui à travers les siècles. Tous soulignent à gros traits la pusillanimité des Juifs, leur couardise, leur cupidité, leur traîtrise. Un soir de la mi-novembre, Franz voit de sa fenêtre la police montée et les gendarmes baïonnettes au canon disperser une foule qui s'en prend à des boutiques juives en hurlant : « Race de galeux. » Il a eu honte de vivre sous protection.

Lorsqu'il passe devant la mairie juive où des centaines d'émigrants russes et polonais attendent un visa pour l'Amérique, il voudrait être l'un de ces enfants insouciants qui bientôt traverseront l'Atlantique. Il sait que, tel Moïse, il n'entrera jamais dans le pays de Canaan. C'est une fantaisie, comme peut en avoir quelqu'un convaincu qu'il ne quittera pas son lit. Mais sait-on jamais ! D'un rien peut toujours sortir un tout.

Et puis, il faut bien se créer quelque raison d'espoir.

En attendant, Franz se contente d'arpenter la langue promise, l'écriture des ancêtres.

Son père ne lui a transmis aucune éducation religieuse. Certes, il a fait sa bar-mitsva, célébrée à la synagogue des Tziganes le 13 juin 1896[1]. Le jour où naissait Milena.

---

1. La photo de Franz prise ce jour-là par l'*American Photo Studio*, une épreuve argentique originale (45×36 mm), a été adjugée à 15 000 euros, le 18 novembre 2010, à Paris.

En octobre 1911, au Café Arco, le café le plus médiocre de Prague, il a fait la connaissance de Jizchak Löwy. Ce comédien tentait par ses spectacles et ses lectures de sauver la langue yiddish de l'oubli. Kafka, devenu son plus fervent admirateur, voudrait l'applaudir à genoux dans la poussière. Il l'aide de toutes les façons possibles, se démène pour lui obtenir des subsides, distribue des billets pour ses représentations, prononce deux conférences, l'une sur le yiddish, la plus jeune des langues européennes, l'autre sur le théâtre juif.

À ce second discours, il mêle des souvenirs personnels. Il a quatorze ans, nous dit-il, lorsque, en cachette de ses parents qui le croient à la synagogue, penché sur les in-folio du Talmud, il va pour la première fois au théâtre voir *Les Huguenots* de Meier Beer. Il est électrisé. Le théâtre yiddish[1] réunit le drame, la tragédie, le chant, la comédie, la danse, tout à la fois, c'est la vie même, s'exclame-t-il ! Il ne peut plus s'en passer. Et tant pis s'il commet mensonges et péchés.

Ces deux conférences lui coûtent des nuits d'insomnie. Il n'a pas la divine effronterie des acteurs qui permet de s'exhiber et de tenir bon sous les regards. Mais personne ne veut les faire à sa place. Löwy, coléreux et vindicatif, a peu d'amis, et à peine de quoi vivre ; ses spectacles n'attirent qu'un public réduit.

Quand Hermann Kafka croise ce comédien, en visite chez lui, il entre en fureur ; les lèvres

1. La comédie musicale américaine serait née du théâtre yiddish.

pincées, tout en secouant ironiquement la tête, il reproche à son fils de fréquenter un étranger dont il n'y a rien à tirer, une vermine qui veut te ramener au yiddish, la langue des miséreux, des arriérés, notre langue à nous, crie-t-il, c'est l'allemand, notre culture, c'est la culture allemande. Il va même jusqu'à interdire à son fils d'inviter ce pouilleux à sa table, sa présence lui est odieuse, insupportable.

— Et tant mieux si ce Polonais m'entend de ta chambre. Tous tes amis, en voilà une bande de bons à rien.

Même Max Brod, le plus brillant, le plus en vue des intellectuels praguois, ne trouve pas grâce à ses yeux. Hier encore, en yiddish, il a traité l'inséparable ami de son fils, de *meschuggener ritoch* ! D'excité sans cervelle ! Rien, aucune contradiction n'arrête Hermann Kafka. Quand il est en colère, c'est sa langue maternelle qui lui monte aux lèvres, la seule que l'on parlait dans son misérable *shettl*. Maintenant qu'il est un notable praguois, à la tête d'un commerce florissant, Hermann Kafka est un citoyen autrichien, et rien d'autre.

Raison de plus pour Franz d'apprendre l'hébreu.

*

* *

Les premiers jours de juillet 1923, il part se reposer à Müritz, une plage de la Baltique. Il a demandé à sa sœur aînée, Elli, de l'accompagner ; il ne se sent ni capable de voyager seul, ni de vivre seul, et pas seulement à Müritz ; n'importe où.

À l'hôtel *Haus Glickauf*, où ils sont descendus, sa chambre est mitoyenne de celle qu'occupe Elli avec ses deux enfants, Felix et Gerti.

Il est heureux de voir la mer. Il ne l'a pas vue depuis dix ans. Il la trouve réellement plus belle, plus variée, plus vivante, plus jeune, c'est ce qu'il écrit à ses amis.

De son balcon, où des moineaux sont venus bâtir leur nid sous la balustrade, il voit jouer, à travers la forêt de pins et de bouleaux qui le sépare de la mer, des enfants blonds, aux yeux bleus, des enfants gais, sains qui courent partout. Ils occupent une maison à deux étages, *Haus Huten* ; c'est l'un des camps de vacances qu'organise le Foyer populaire juif de Berlin, celui-là où, quelques années plus tôt, Felice, sa première fiancée, avait accepté d'apporter son aide. Le souvenir de Felice ne le tourmente plus, c'est si loin ; elle s'est mariée quelques mois après leur rupture, elle a maintenant deux garçons ; c'est Ottla qui le lui a appris.

La moitié du jour et de la nuit, la maison *Haus Huten*, la forêt et la plage sont pleines des chansons de ces enfants. Elli a fait la connaissance des jeunes monitrices, toutes bénévoles ; depuis, Felix et Gerti se mêlent à leur groupe.

En début d'après-midi, Franz les rejoint sur la plage et joue avec eux. Ces orphelins russes et polonais, si vigoureux, si passionnés, avec lesquels il parle hébreu, lui donnent, écrit-il, le sentiment d'être sur le seuil du bonheur.

L'une des monitrices s'appelle Tile Rössler, c'est une adolescente vive, enjouée, si mince, si fluette qu'on ne croit pas à ses seize ans. Elle est la seule à savoir qui est le docteur Franz Kafka. À la librairie Jurovics de Berlin, où elle travaille à mi-temps, elle a disposé en vitrine l'un de ses livres, *Le Soutier*. Elle assure que les critiques berlinois le couvrent d'éloges, et qu'à Prague le docteur Kafka occupe un poste important.

Une fin d'après-midi, alors qu'il s'amuse avec les enfants du foyer, Tile se présente à lui ; il l'écoute ; elle se lance dans un long récit, heureuse des questions qu'il lui pose sur les enfants, sur l'organisation du camp, sur elle, sa vie à Berlin, à la librairie. Et cet homme dont tous admirent l'élégance, même à la plage il arrive habillé avec tant de soin, eh bien, cet homme la tutoie.

Depuis ce jour, elle le guette. Dès qu'elle le voit s'installer sur le sable ou se diriger, sa couverture pliée sous le bras, vers sa chaise longue au bout de la jetée, elle court s'asseoir à ses pieds ; et ils reprennent leur conversation. Un jour qu'elle lui déclare : « Voyez-vous, je parle toutes les langues, mais en yiddish », elle est fière de le voir rire.

Elle a l'idée de lui offrir un cadeau. Mais quoi ? Dans l'atelier de poterie des enfants, elle décide de lui tourner un vase. Sorti du four, elle le peint. Contente de son œuvre, elle se rend à l'hôtel *Haus Glickauf* pour le remettre au docteur Kafka. Elle l'a prévenu de sa visite.

Debout dans le hall, elle attend qu'il descende de sa chambre. Un pianiste à la crinière blonde joue une sonate de Grieg. Le concierge lit son journal. Un vieux couple, assis près du bar, sirote un vin blanc en apéritif.

Le docteur Kafka lui dira qu'il a gardé un souvenir tout à fait net d'elle, ce jour-là :

— Un peu penchée, un peu noyée, tu écoutais la sonate de Grieg, inclinée humblement devant la musique.

Il s'est avancé vers elle :

— Moi aussi j'ai un cadeau pour toi.

Tile, que l'émotion rend malhabile, a du mal à dépouiller l'objet qu'il lui tend des papiers de soie qui l'entourent et qu'elle déchire.

— Saisissons délicatement les choses délicates, dit-il.

Une coupe en verre rubis, pleine de chocolats, tremble entre les mains de Tile.

Elle se jette dans ses bras, pose sa tête contre sa poitrine.

— Comment tu savais ?

L'adolescente a contemplé cette coupe à la devanture du pâtissier où elle flamboyait en évidence, à côté des tartes à la mirabelle. Le docteur Kafka avait croisé l'adolescente et son amie Sabine, le nez collé à la vitrine. Comme il passait derrière elles, il avait entendu Tile soupirer : Jamais je ne pourrai m'acheter une telle merveille.

— Tu briseras cette coupe le jour de ton mariage, dit-il. Et moi, je garderai ton vase. Je ne le donnerai à personne.

Depuis qu'elle a reçu ce somptueux cadeau, Tile vit dans une sorte d'ivresse, partout elle va chantant les louanges de son grand ami.

Vendredi 13 juillet, avec l'accord enthousiaste des membres du foyer, Tile invite le docteur Kafka à partager leur dîner du shabbat, suivi d'un spectacle.

Lorsqu'en fin d'après-midi il arrive devant cette maison biscornue, il se trompe de porte et entre par la cuisine qu'inondent les derniers rayons du soleil ; des abeilles tournoient dans une lourde lumière blonde et quelquefois frappent contre les carreaux de la fenêtre. Il ne voit que la nuque penchée d'une jeune fille occupée à écailler du poisson. Il s'écrie en la voyant retirer les entrailles d'un saumon :

— De si jolies mains[1] pour un travail sanglant !

La monitrice se retourne, le reconnaît. Son visage s'empourpre. Elle l'a croisé plusieurs fois sur la plage, entouré de sa famille. Elle s'incline et se présente :

— Dora Diamant.

Elle ajoute :

— Je sais qui vous êtes, Tile ne parle que de vous, le foyer depuis ce matin est en effervescence.

Elle lui demande des nouvelles de sa femme et de ses enfants. Il se met à rire :

Ma femme ? Mes enfants ?

Cette méprise et la joie qui en découle scellent peut-être l'attirance qu'ils éprouvent déjà l'un pour l'autre.

1. Dans *Le Château*, lorsqu'il rencontre Frieda qui vient de panser les bêtes, K. lui dit : « Avec ces mains si fines ? », et il se demande « si c'est par simple flatterie ou s'il est vraiment subjugué par des mains somme toute banales. »

Après le dîner, Dora déclame le 43e chapitre d'Isaïe : « Ne frémis pas, oui, je suis avec toi. » Elle le commente. Le docteur Kafka ne la quitte pas des yeux, émerveillé par sa connaissance de l'hébreu et du judaïsme.

Le lendemain, les jours qui suivent, il revient au foyer.

Tile n'est pas longue à comprendre qu'il n'a d'yeux que pour cette Polonaise. À table, c'est près d'elle qu'il s'assoit. Sur la plage, elle les voit s'enfermer dans d'interminables conversations. Depuis qu'elle l'a introduit dans le foyer, il lui préfère une autre aux formes rebondies, qui parle et qui lit et qui écrit si bien l'hébreu. Tout le jour, l'adolescente plate et maigre les suit à distance. Elle les voit se promener le long des dunes recouvertes de fleurs des sables, ou sur la jetée, dans le bruit du ressac.

Elle les surprend assis à l'abri du vent ; tête contre tête, ils récitent à voix basse un texte hébreu, et ils échangent des regards au-dessus du livre.

Se prendraient-ils pour Francesca et Paolo da Rimini ?

Avant la fin du mois de juillet, Tile regagne Berlin d'où elle envoie deux lettres à son ami. Il lui répond[1] longuement le 3 août. C'est la lettre tendre et enjouée d'un grand frère à sa petite sœur. Pour ne laisser subsister aucune

1. Lorsque Tile Rössler émigra en Palestine, où elle devint chorégraphe, elle emporta cette lettre ainsi que les deux mots qui accompagnaient la boîte de bonbons et la coupe rubis que Kafka lui avait offertes.

équivoque, il lui parle de Dora, une « merveilleuse créature ».

L'itinéraire de cette « merveilleuse créature » le fascine, comme l'avait fasciné celui du comédien Löwy. Née elle aussi en Pologne, Dora s'est échappée à dix-huit ans de la maison de son père. Elle a fui Bedzin, et son orgueilleuse synagogue[1] qui écrase la ville et même le château.

Libérée des lois hassidiques qui imposent à la femme tant d'interdits, tant d'obligations, et leur accordent si peu de droits, Dora passe un an à Breslau. Elle s'initie à la littérature et apprend l'allemand, tout en travaillant dans un jardin d'enfants. Puis elle émigre à Berlin, la ville des Lumières, où vivent cent soixante-dix mille Juifs. Nombreux sont ceux qui y jouent un rôle social et culturel prépondérant ; les deux plus importants groupes de presse, Ullstein et Mosse, appartiennent à des Juifs.

Dora exerce plusieurs métiers et travaille bénévolement au Foyer populaire. Volontaire et courageuse (les deux qualités que Kafka admire le plus), elle est merveilleusement jeune (un peu plus de vingt ans) intelligente, douce, croyante, pieuse, en excellente santé. Et elle s'occupe d'enfants. Bénie soit cette rencontre !

Durant leurs apartés, elle tente d'insuffler sa force à Franz :

1. En septembre 1939, quand les Allemands entrèrent dans la ville, ils mirent le feu à la synagogue où s'étaient réfugiées des centaines de familles. Elles furent réduites en cendres, il n'y eut aucun rescapé. De la synagogue, on a conservé quelques pierres noircies qui perpétuent la mémoire de ce massacre.

— Fais ce que tu as envie de faire depuis toujours, abandonne Prague pour Berlin. Au printemps, ensemble, nous émigrerons en Palestine. Nous ouvrirons un restaurant à Tel-Aviv, « la Colline du printemps ».

Les premiers jours d'août, il quitte Müritz, et Dora. À Berlin, en compagnie de Tile et de deux de ses amies, il assiste le 7 à la représentation des *Brigands* de Schiller dont, dit-il, il ne voit pas grand-chose, sinon sa grande fatigue. Les vacances à Müritz n'ont en rien amélioré sa santé. Il se sent à bout de forces. Il pèse 54 kg 500, jamais il n'a été si maigre.

Où aller reprendre du poids sinon chez sa chère Ottla ? Sa sœur a loué une maison de vacances à Schelesen, où elle réside seule avec sa fille, Vehra, et le bébé qui vient de naître, Hélène.

Il l'y rejoint vers la mi-août. Il y reste plus d'un mois. Il s'aperçoit que, pour la première fois, il a oublié son anniversaire, et même sa date exacte, est-ce le 29 octobre ou le 30 ?

— Pour moi, dit-il, tu ne vieillis jamais, je ne crois pas à tes trente et un ans.

Il ajoute :

— Réjouis-toi d'être une femme.

Elle est l'unique personne à qui il parle de Dora et de leurs projets. Ottla l'encourage, comme toujours, à se libérer de ses chaînes.

Des doutes l'assaillent, des forces antagonistes luttent comme le diable contre lui ; il s'alite, repris par la fièvre.

— Il pleut dans la masure, dit-il à sa sœur.

À peine remplumé, il rentre à Prague, expédie ses affaires en un jour et demi, demande à son bureau une retraite anticipée, boucle ses bagages, une affaire terriblement compliquée, il n'en serait pas venu à bout sans l'aide de la « Demoiselle », sa chère Marie Werner, leur vieille et fidèle gouvernante. Contre l'avis de son père, encore une querelle, sous l'œil inquiet de sa mère, et malgré les sombres prévisions de son beau-frère, Pepa, il rassemble les dernières miettes de ses forces et file à Berlin.

Il a prévenu Dora par télégramme : « Arriverai Berlin dimanche 24 septembre. Pourrais-tu m'attendre à la gare ? »

Pour combien de temps part-il ? Il ne le sait pas lui-même. Quatre ou cinq jours ? Guère plus.

*
* *

Il est monté dans l'express qui s'élance dans la nuit. Il savoure sa folle audace, il ne trouve comme seul point de comparaison que Napoléon et sa campagne de Russie. À quarante ans, il a réussi à échapper aux griffes de Prague, à sa famille, au bureau, à la routine.

Arrivé à Berlin, à qui annonce-t-il son invraisemblable victoire ? À Milena, dont il a reçu une lettre d'Italie :

« Quelque chose de grandiose m'est arrivé, lui écrit-il, que de choses grandioses il existe en ce monde ! Je vis presque à la campagne dans une petite villa avec jardin. Je n'ai jamais eu un si beau logement, je crains de le perdre, il est beaucoup trop beau pour moi. »

Il ajoute qu'il a rencontré sur une plage de la Baltique une auxiliaire du Foyer juif et qu'il l'a suivie à Berlin :

« Je suis bien et tendrement gardé jusqu'aux limites du possible d'ici-bas. »

Est-il sûr que Milena accueille d'un cœur tranquille cette image de lui, heureux dans les bras d'une autre ?

La villa avec jardin dont il vient de parler à Milena, c'est Dora qui l'a trouvée dans le quartier résidentiel de Steiglitz, au numéro 8 de l'élégante Miquelstrasse.

Lorsqu'il sort de chez lui, par les soirées tièdes, et longe des allées bordées de splendides habitations, des bouffées d'odeurs lui viennent des vieux jardins luxuriants avec une douceur et une force qu'il n'a jamais senties nulle part, ni à Schelesen, ni à Merano, ni à Marienbad. Il ne quitte guère les environs immédiats de sa villa ; le Jardin botanique est à un quart d'heure de marche, la forêt de Grünewald à peine un peu plus loin.

Dans cette banlieue patricienne règne une paix profonde, les enfants qu'il croise ont bonne mine, les mendiants sont rares et n'ont rien de menaçant.

Mais le centre de Berlin gronde. Les nouvelles sont terribles, terribles : les révoltes et les grèves se multiplient, chaque jour des usines ferment, des entreprises font faillite, des milliers de chômeurs manifestent ; l'inflation est galopante, les prix grimpent non plus de jour en jour mais d'heure en heure, on en a le vertige. En août, un quotidien valait cent mille marks, en septembre cent cinquante millions, une miche de pain quatre millions de marks. Des émeutes de la faim éclatent à travers le pays ; un soir, on ramasse quatre cadavres dans les rues de Berlin. Des cohortes de désespérés saccagent boutiques et établissements publics. Le pays tout entier sombre dans la misère. Le parti nationaliste incrimine le traité de Versailles, l'énorme dette imposée à l'Allemagne pour l'écraser à jamais.

La retraite de Franz, mille marks, ne suffit plus malgré un change très avantageux. Ses mensualités lui parviennent avec des semaines de retard. Il est contraint, la tête basse, de demander à ses parents et à ses sœurs, à Ottla surtout, de lui avancer de petites sommes. Et de lui envoyer de leur Bohême, chaude et repue, du sucre, du beurre (il en mange beaucoup pour prendre du poids), du miel, du kéfir, de la marmelade, du thé, du chocolat.

Il n'arrive pas à joindre les deux bouts, et à cause de sa maladie, il a davantage de besoins qu'un autre. Lorsqu'ils n'ont plus d'alcool à brûler, Dora réchauffe le dîner sur des restes de bougie.

À Max, qui ne cesse de lui poser des questions, il refuse de parler de Dora. Tous ses amis doivent ignorer qu'ils vivent ensemble, la réputation d'une jeune fille est en jeu. C'est à peine, dans ses lettres, s'il mentionne Mademoiselle Diamant.

*

* *

Le début de l'automne fut tiède et lumineux. Franz poussait ses promenades jusqu'au Jardin botanique ; il y respirait l'odeur des fleurs de tilleul, faisait le tour des serres tropicales, suivait les variations de couleurs des frondaisons, et dans le silence des allées il entendait crisser sous ses pas les premières feuilles mortes.

Un jour qu'il franchissait les grilles du parc, il aperçut une petite fille qui sanglotait. Il s'approcha d'elle. C'était une petite fleur blonde, à la peau blanche et aux joues rouges comme il en pousse beaucoup par ici. Il lui demanda :

— Pourquoi pleures-tu ?

— J'ai perdu ma poupée.

— Tu ne l'as pas perdue, s'exclame-t-il.

— Tu l'as trouvée ?

— Non, non, je ne l'ai pas trouvée ; ta poupée est partie en voyage.

— Comment tu le sais ?

— Elle m'a écrit une lettre.

— Montre-la-moi.

— Je l'ai laissée dans ma maison ; mais si tu veux, je te l'apporterai demain, à trois heures. Devant ce banc.

— Comment tu t'appelles ?

— Franz. Et toi ?

— Malou.

De retour chez lui, il se demanda ce que Ottla dirait à sa fille aînée si celle-ci, par malheur, venait à perdre sa poupée, Lolotte, qu'elle tenait serrée contre son cœur même au plus profond de son sommeil.

Le lendemain, à l'heure dite, Malou et Franz se retrouvent devant le banc. Il soulève son chapeau pour la saluer et lui tend une enveloppe sur laquelle il a inscrit son nom et collé un timbre usagé.

Malou hausse les épaules :

— Je ne sais pas lire.

Il la lut pour elle. La poupée terminait sa lettre par ces mots : « Je t'envoie plein de bisous et je t'écrirai tous les jours. »

Malou réfléchit un instant avant de demander :

— Alors demain, tu m'apportes une autre lettre ?

Le lendemain et les jours qui suivirent, Franz lui apporta une autre lettre. Lorsqu'il commençait à lire, le cœur de Malou battait très vite : sa poupée allait au théâtre, au cinéma, au cirque, à l'opéra, à Vienne, à Paris, elle montait à cheval, dansait, chantait dans un orchestre, c'était à en perdre la tête.

Maintenant, dans le parc, les branches noires des arbres se dressent dans un ciel bas, et sombre. Un vent froid tournoie dans les allées et soulève, telle une nuée d'oiseaux, de grandes gerbes de feuilles rousses, cuivrées comme un chaudron. Un bonnet enfoncé jusqu'aux sourcils, les mains au fond des poches de son manteau, Malou les suit d'un œil distrait. Franz, malgré ses lainages, son pardessus et sa grosse écharpe, tremble de froid. Il interrompt souvent sa lecture, s'éloigne vite, un mouchoir collé contre sa bouche.

— Arrête de tousser, crie Malou. Lis-moi la suite.

Elle lui tend le bonbon poisseux qu'elle a sorti de sa poche. Il revient, et achève d'une voix plus basse, plus voilée.

— Tu lis trop vite aujourd'hui. Recommence, c'est trop beau.

Les lettres, comme les jours, raccourcissent. Depuis qu'elle s'est mariée, la poupée a tant d'occupations qu'elle ne trouve plus le temps d'écrire. Un matin, elle annonce qu'elle part pour le Tibet, si lointain, si haut perché qu'on l'appelle « le Toit du monde » ; elle vivra dans un village perdu dans les nuages, entouré de neige et de glace, où aucun facteur ne monte jamais. « Je ne pourrai plus t'écrire, ma chère Malou, mais je ne t'oublierai pas », étaient ses derniers mots.

— C'est vraiment très loin ce « Toit du monde » ? demande Malou.

Sans attendre la réponse de Franz, elle fait tournoyer sa corde à sauter au-dessus de sa tête et, allègrement, elle s'envole[1].

1. Dans aucun de ses textes, Kafka n'a fait allusion à cette rencontre, ni à une vingtaine de lettres destinées à consoler une enfant. Le désir d'écrire un conte l'avait maintes fois traversé, en particulier à Riva. S'est-il senti, face à cette petite fille, dans l'obligation morale de la distraire de son chagrin, sachant qu'il détenait ce pouvoir ? Et qu'un conte, tout le monde le sait, n'est pas soumis aux mêmes tribunaux qu'un texte littéraire. C'est Dora qui mentionne l'histoire de la poupée dans le *Journal* qu'elle entreprend d'écrire à Londres, en 1951.

*
* *

Sa logeuse, une petite femme très mince, qui se corsète quand même très étroit, l'a brusquement pris en grippe. Le 15 novembre, deux mois après leur emménagement, elle chasse Franz et Dora, deux pauvres étrangers insolvables ; l'inflation a multiplié leur loyer par dix.

Ils trouvent, pas très loin, au numéro 13 de la Grunewaldstrasse[1], chez M. Seifert, un appartement agréable. Qu'ils abandonnent pour les mêmes raisons le 1er février 1924. Un jour de vent glacial, ils déménagent une fois encore et s'installent à Berlin-Zehlendorf, au numéro 25 de la Heidestrasse ; chez Mme Busse, la veuve d'un écrivain. Un loyer effroyablement élevé, un tiers de trillion !

Privés de tout, ils vivent dans un dénuement extrême. Ils ne vont jamais au théâtre, c'est hors de prix. Ils n'achètent aucun journal, même plus celui du dimanche. Tant mieux, les nouvelles sont si catastrophiques qu'ils évitent même de passer devant l'Hôtel de Ville, où sont placardés les quotidiens.

Deux ou trois fois par semaine, Franz se rend à l'École supérieure pour la connaissance du judaïsme. C'est un havre de paix. Un immeuble entier, de belles salles de conférence bien chauffées, une grande bibliothèque, peu d'élèves,

1. Des trois habitations, c'est la seule qui subsiste. Une plaque, entre les deux fenêtres du rez-de-chaussée, rappelle que Kafka y habita trois mois.

un bon professeur de Talmud, M. Guttmann, le tout gratuit.

Pour ne pas s'éloigner de la souffrance du monde, il se hasarde parfois en ville. Il en revient le visage terreux, comme s'il sortait d'une bataille. La plupart du temps, il se repose allongé dans la véranda, au soleil, tandis que Dora suit des cours d'art dramatique et des leçons de danse, au foyer juif où tout est gratuit.

Le soir, à la lumière des bougies, ils jouent comme des gamins. Franz projette contre le mur ses mains agiles, crée des personnages et leur invente drames et comédies qui les font rire aux larmes. Parfois, ils s'amusent à tremper leurs mains dans une bassine d'eau. C'est leur bain de famille. Ou alors, Franz, un plateau chargé de verres et d'assiettes en équilibre sur sa paume, court à travers la pièce pour s'entraîner au métier de garçon de café qu'il exercera dans leur restaurant, à Tel-Aviv.

Le plus souvent, pour tenir la jeune fille qu'il aime sous son charme, il lui lit ses auteurs préférés. De Goethe, il privilégie *Hermann et Dorothée* ; de Kleist, *La Marquise d'O*. Cette nouvelle, comme envoûté, il la lit, il la récite six fois de suite à Dora.

— Pourquoi cette prédilection ? s'étonne-t-elle. Pour la qualité littéraire du texte ?

— Oui.

— Pour l'histoire si singulière ?

— Oui, aussi.

Peut-être plus encore pour l'auteur avec lequel il a tant d'affinités : la passion d'écrire, la recherche de la vérité, le désir de fonder une famille, soldé par la rupture des fiançailles, et la maladie, et les échecs répétés, et l'élégance de brûler les écrits intimes, les ébauches, les textes inachevés.

Au bord du lac de Riva, Franz avait raconté à Gerti la fin tragique de Pouchkine. Aujourd'hui, il dévoile à Dora celle de Kleist. Une mort composée et exécutée comme une œuvre d'art.

Heinrich von Kleist aime Henriette, l'épouse de Louis Vogel, dont elle a un enfant. Et Henriette aime ce jeune poète. Poussés par un sublime besoin d'absolu, rien ne peut leur convenir en ce monde, Heinrich et Henriette concluent un pacte de suicide. À Wannsee, en 1811, il a trente-quatre ans, Kleist abat Henriette d'une balle, et retourne son pistolet contre lui.

Franz lit à Dora les deux lettres qu'adresse Henriette, la veille de sa mort, l'une à son cher époux, l'autre à son amie préférée : « Prends soin de mon enfant. » Il lui récite celle qu'il préfère, la lettre de Kleist à Ulrike, sa sœur chérie. Dora, les yeux pleins de larmes, se blottit contre l'épaule de celui qu'elle appelle mon doux aimé, mon tendre Franz.

Il écrit à Max. À Ottla. À Felix Weltsch, il communique ses nouvelles adresses pour ne rater aucun numéro de la revue *Selbstwehr*. Ses lettres sont peu nombreuses, les timbres coûtent trop cher.

Et puis il s'est remis à écrire.

Il reçoit la visite de quelques amis : Max lui a demandé de s'occuper, de distraire, de raisonner, de consoler sa maîtresse, Emmy Salveter, ex-femme de chambre, aujourd'hui comédienne. Plongée dans les affres de l'amour, cette ravissante jeune femme souffre immensément de l'absence de Max ; elle s'insurge contre son sens du devoir, qui lui interdit de divorcer, et le réclame à Berlin.

Franz la reçoit chez lui, en l'absence de Dora, l'accompagne en promenade, va la voir chez elle. Trop souvent, Emmy téléphone pour annoncer sa visite, qu'elle décommande au dernier moment, ou alors elle prévient qu'elle viendra à deux heures et non à midi. Elle fixe la date d'une autre rencontre, mais elle prend froid, ne vient pas, et ainsi de suite. Elle est agitée, et les troubles berlinois l'inquiètent tant qu'elle transmet ses angoisses à Franz, qui doit se battre contre elles toute la nuit.

Un jour, deux beaux jeunes gens, au charme prenant, frappent à sa porte. C'est Tile Rössler, accompagnée d'un jeune peintre berlinois. Tile se fige sur le seuil lorsqu'elle aperçoit Dora, en robe de chambre.

Puah Ben Tovim, qui passa une fin d'après-midi chez eux, put mesurer les progrès en hébreu de son élève.

Le 25 novembre, arrive Ottla. Elle a confié, pour deux jours, Vehra et Hélène à son mari. Elle veut voir de ses yeux comment se porte son frère, et faire la connaissance de Dora, autrement que par quelques mots échangés au téléphone et par lettre.

Elle traîne une malle dans laquelle elle a rangé le linge et les vêtements que lui a demandés son frère, une longue liste ! Parti de Prague pour quelques jours, croyait-il, il n'a pas emporté ses vêtements d'hiver. Elle déballe trois chemises non empesées, trois paires de chaussettes ordinaires et une paire chaude, son complet noir, son gros manteau, son vieux raglan bleu, deux caleçons longs, un drap léger, une taie d'oreiller, une serviette-éponge, une paire de gants quelconques, deux chemises de nuit, sa robe de chambre et sa chancelière, les mitaines et le bonnet. Plus trois cintres. Ottla a ajouté du papier à lettres, des plumes, des revues, une savonnette. Elle offre des torchons et une nappe de lin brodée à Dora. Bizarrement, celle-ci est sur le point de fondre en larmes. Dans ce Berlin féroce, ce linge est un luxe dont elle n'avait même plus l'idée.

Au moment où sa sœur repart, Franz glisse dans son bagage une poupée, à l'intention de Vehra. Au cas où Lolotte déciderait de voyager, les poupées sont si fantasques !

Il mentionne à Max la visite d'Ottla : Tout ce qu'elle a vu chez nous lui convient, ajoute-t-il. Il se trompe. De retour chez elle, Ottla leur annonce un colis de quinze kilos. Et elle demande à sa mère d'en faire autant.

— Quinze kilos, s'étonne Franz, cela me paraît beaucoup trop, quinze kilos, que peut-il bien y avoir dedans ? Je ne veux pas vivre à tes crochets.

Max arrive peu après, curieux de rencontrer la mystérieuse Mlle Diamant dont son ami n'a rien voulu lui dire. Il est très impressionné par l'amour qu'elle porte à Franz. Il trouve que ces deux êtres s'harmonisent merveilleusement. Kafka ne lui a jamais semblé aussi confiant.

Le docteur Ernst Weiss, toujours aussi actif, nerveux, (la nervosité de l'homme fort gai et aigri), leur rend visite. Il tient à remercier Franz de vive voix ; alors que Carl Seelig souhaitait publier des textes de Kafka, celui-ci a jugé qu'il n'avait rien de bon à lui soumettre. À la place, il a envoyé à cet éditeur trois textes de Weiss, dont il a fait l'éloge, et qu'il a accompagnés de la liste des livres de cet « écrivain difficile, précise-t-il, mais fort talentueux ».

Kafka aime bien Ernst. Il le regarde, planté droit devant lui, et il se dit que « cet homme ne se maintient en bonne santé, en très bonne santé, que par un effort de volonté. S'il le voulait, il pourrait être aussi malade que n'importe qui ».

Franz Werfel apparaît un début d'après-midi, son manuscrit sous le bras. Petit, rondouillet, blond aux yeux bleus, il affiche l'assurance du génie promis au firmament. C'est Dora qui le reçoit, heureuse de le rencontrer. Kafka et Werfel s'enferment dans le bureau. Après un très long moment, Werfel en sort ; il est en larmes ; il s'enfuit sans un mot d'adieu. Kafka n'est pas moins bouleversé. Il bredouille :

— Comment peut-on écrire si mal, si mal…

Werfel attendait mille éloges, il n'a reçu qu'un silence consterné.

S'il lui faut juger un texte, Kafka, quoi qu'il lui en coûte, est dans l'incapacité de proférer le mensonge le plus innocent.

Au début de janvier, le thermomètre descend à – 15 degrés. Franz tombe malade. Forte fièvre, frissons, crises de toux épuisantes matin et soir, qui assombrissent son humeur.

Il se résigne à appeler un médecin, malgré sa peur des honoraires qui planent en chiffres de feu au-dessus de son lit. Bientôt s'ajoutent des troubles digestifs. Il ne quitte plus son lit.

Lorsqu'il le revoit pour la deuxième fois, Max est épouvanté par la dégradation rapide de son état de santé, et la misère dans laquelle il vit. De retour à Prague, il alerte l'oncle de Franz, le docteur Siegfried Löwy, un médecin de campagne qui exerce à Triesch, en Moravie. Célibataire, très attaché à son neveu (Franz a passé de nombreuses vacances chez lui), il accourt le 29 février et persuade son neveu de quitter Berlin de toute urgence.

— Si tu restes ici, si mal chauffé, si mal nourri, tu ne passes pas l'hiver.

Le 14 mars 1924, Max est à Berlin. Il assiste à la première de *Jenufa,* l'opéra de Janáchek dont il a traduit le livret. Trois jours plus tard, c'est lui qui ramène Kafka à Prague. Franz a refusé catégoriquement que Dora l'accompagne, il veut à tout prix lui éviter les sarcasmes, le mépris, les insolences de son père.

À la gare, le visage défait, la jeune fille s'accroche à lui, insiste :

— Je ne veux pas te quitter.

— Tu me rejoindras dans quelques jours, dès que mon oncle m'aura trouvé une place dans un sanatorium.

Il l'embrasse encore et encore :

— Je n'ai jamais souhaité vivre autant que maintenant. Avec toi.

*

* *

Il franchit le seuil de l'appartement de ses parents. Il ressemble à un récidiviste reconduit dans une cellule dont il ne sortira pas vivant. Il croit entendre son geôlier ricaner dans son dos :

— Le retour de l'enfant prodigue ! Quel triomphe ! Ruiné, et même pas la force de se traîner jusqu'à son lit ! La Bérézina ! Je t'avais prévenu que tu courais au désastre. Une fois de plus, monsieur mon fils n'en a fait qu'à sa tête, et voilà le résultat. C'est moi qui paie les pots cassés.

Même sa mère, qui vient lui proposer timidement un bouillon de poule, une crème, du kéfir au coulis de framboises, il voudrait ne plus la voir. Il exècre son dos courbé sous la servitude. Seule Marie Werner, la « Demoiselle », réservée, juste et silencieuse, apaise un peu la rage qu'il a au cœur.

Comme rempart contre ses parents, il demande à Max, d'un ton sec et autoritaire qu'il n'a jamais eu, le temps n'est plus à l'amabilité, de lui rendre visite tous les jours :

— Reviens demain, à la même heure, ordonne-t-il à chacune de ses visites.

Cloîtré dans sa chambre, les yeux clos, tantôt il ressasse sa défaite, tantôt, épuisé de chagrin, il laisse défiler les multiples visages de Dora, ses gestes, ses mots d'amour, il se nourrit de ses images. Des vagues de nostalgie le ramènent sans cesse à Berlin, à ses six mois de liberté. Loin de la tutelle de ses parents.

Pour la première fois de sa vie, il a vécu jour après jour avec une femme, il ouvrait les yeux, Dora était près de lui, il fermait les yeux, Dora était près de lui, ils vivaient dans la même maison, coude à coude, à la même table, ils dormaient dans le même lit, blottis l'un contre l'autre, il n'avait jamais connu pareille joie, il lui murmurait à l'oreille : Je suis dans les bras d'un ange.

Lorsqu'il écrivait, les dents accrochées à son bureau, comme un chien à son os, disait-il en montrant les crocs pour la faire rire, même quand il écrivait, Dora sommeillait sur son fauteuil, devant lui, parce qu'il avait besoin de sa présence. Alors qu'il n'avait jamais tracé une ligne devant Ottla, Felice, Milena, ou Max.

— Tu deviens un autre quand tu écris, lui confiait Dora.

Parfois, elle avait peur de regarder son visage si tendu ; tes traits se durcissent, ton regard est sévère, cruel, douloureux, je ne sais comment dire… on dirait que tu pourchasses des fantômes… Un couteau, ou une arme à la main ?

Il lui avait lu des passages du *Terrier*, une nuit qu'il avait rédigé d'une traite un chapitre :

« Je vis en paix au plus secret de mon terrier, et cependant quelque part, n'importe où, l'ennemi perce un trou qui l'amènera jusqu'à moi. Je ne veux pas dire qu'il a plus de flair que je n'en ai mais il existe des ravisseurs acharnés qui fouissent aveuglément... et j'ai tant d'ennemis ! Je ne veux pas risquer, pendant que je gratterai avec la rage du désespoir, de sentir soudain, si peu que ce soit, les dents d'un poursuivant se planter dans ma cuisse. »

Il avait levé la tête.

Dora le contemplait, consternée.

— Tu n'as aucun ennemi, personne ne te veut du mal, mon cher amour.

Il avait éclaté de rire :

— Ma chérie, ma petite fille, ce ne sont que des mots. Voyons, tu ne vas pas prendre au sérieux ces gribouillis !

Ensemble, les jours précédents, ils avaient brûlé dans leur marmite norvégienne des pages et des pages, peut-être trois cents, peut-être cinq cents ? Dora, à plusieurs reprises, a retenu son geste :

— Ces manuscrits t'ont coûté tant de nuits, tant d'efforts, pourquoi les jeter au feu ?

Il se souvient d'avoir à ce moment précis pensé à Kleist.

— Voir les flammes dévorer mes manuscrits m'apaise, plus j'en brûle, plus je me délivre de mes démons, je leur glisse entre les doigts. J'ai demandé à mon bon Max, très solennellement, comme je sais si bien le faire, n'est-ce pas ? je lui ai donné l'ordre de brûler sans restriction et sans les lire mes carnets, mes cahiers, mes manuscrits, et toutes mes lettres, je sais qu'il respectera ma consigne.

*

* *

Le troisième jour de son arrivée à Prague, des signes inquiétants apparaissent : il a affreusement mal à la gorge. Des brûlures par moments intolérables. Sa voix a changé, elle est basse et rauque. Si vite ! se dit-il.

Compote, fruits, jus de fruits, eau, jus de fruits, eau, jus de fruits, fruits, compote, eau, jus de fruits, fruits, compote, eau, limonade, cidre, fruits, eau. Il ne peut rien avaler d'autre. En petites quantités.

Son oncle, le docteur Siegfried Löwy, lui ordonne des examens longs et douloureux auxquels il se soumet la mort dans l'âme. Il n'arrive pas à savoir quelque chose de précis. Dès qu'il est question de laryngite tuberculeuse, les médecins adoptent une façon de parler timide, réticente, figée. « Une enflure, une infiltration, rien de méchant, on ne peut encore rien dire de sûr », voilà ce qu'on lui répète alors que ses douleurs deviennent extrêmement violentes, et qu'en vêtements d'hiver il ne pèse plus que quarante-neuf kilos.

Le matin et le soir, il tousse durant des heures. Il remplit son crachoir en un rien de temps.

— Un exploit qui mérite le Nobel, n'est-ce pas ? dit-il à Robert Klopstock[1], qui vient d'entrer dans sa chambre.

Il a fait la connaissance de cet étudiant en médecine au sanatorium de Matliary, il y a deux ans. Depuis, il n'a cessé de lui écrire. Robert par-

1. Il émigra aux États-Unis où il devint un éminent professeur de médecine, spécialiste de pneumologie. Il mourut à New York en 1972.

fois l'agace jusqu'à la colère ; ce jeune homme, qui a repris ses études, se plaint de tout, toujours prompt aux reproches, toujours défaitiste. C'est vrai qu'il vit dans la misère.

Franz lui a envoyé de l'argent, lui a obtenu la gratuité du restaurant universitaire, lui a trouvé des postes de remplaçant. Il l'a recommandé à Max, à Ottla, à ses amis, il s'inquiète quand il ne reçoit pas de ses nouvelles, le conseille quand il le peut mais « les bons conseils, lui a-t-il écrit, sont accrochés entre les étoiles, c'est pourquoi il fait si sombre ».

Robert, qui aime la littérature autant que la médecine, a tenu à traduire en hongrois (sa langue maternelle) un roman de Max Brod et plusieurs nouvelles de Kafka, qui a accepté de revoir son travail. C'est un garçon si attachant !

D'un ton de général en chef, Robert répond :

— Le seul exploit qui mérite le Nobel, c'est de vous battre et de guérir. Vous le pouvez !

— Vous oubliez que je suis un mauvais soldat, personne n'a voulu de moi. À deux reprises, en juin 1915, et en juin 1916, j'ai voulu m'engager. À deux reprises, le conseil de révision m'a déclaré inapte.

Ils parlent de Matliary, des pensionnaires. Kafka pense à son voisin de chambre, un malade qui jouait de ses miroirs et des rayons de soleil comme un suicidaire de la roulette russe. L'image de ce supplicié, la bouche grande ouverte sur ses ulcérations, l'odeur pestilentielle qui s'en dégageait lui donnent encore la nausée.

— Vais-je être soumis aux mêmes tortures ? se demande-t-il. C'est une chose d'écrire, les pieds dans des pantoufles, « la torture m'est de grande importance, je ne m'occupe pas d'autre chose que de la subir et de l'infliger », c'en est une autre d'avoir les pieds dans le bûcher. Léchés par les flammes.

— Ne trouvez-vous pas étrange, Robert, que le Dieu de la douleur n'ait pas été le dieu principal des premières religions ?

Au moment où son ami s'apprête à partir, il lui saisit la main :

— Vous vous rappelez la promesse que vous m'avez faite au sanatorium ? J'exige que vous me la renouveliez. Tout de suite.

*

* *

Trois semaines confiné dans sa chambre.

Affalé sur son canapé, il voit par la fenêtre ouverte, sur l'extrême pointe du clocher de l'église russe, des couvreurs grimper, travailler et chanter dans la pluie et le vent. Ébahi, il les regarde : « Que peuvent-ils être sinon des géants de la préhistoire ? »

Il ne s'oppose plus au sanatorium, puisque, dit-il à son oncle :

— Je ne peux pas m'opposer à la fièvre, 38 est devenu mon pain quotidien.

Il est soulagé de quitter l'appartement de ses parents, et Prague. « La ville natale, a-t-il confié à une jeune amie, est toujours quelque chose de très inhospitalier, un lieu de souvenirs, de mélancolie, de mesquinerie, de honte, de tentation, et de mauvais emploi des forces. »

Au sanatorium, Dora pourra le rejoindre. Ensemble, les choses seront plus faciles.

— En route, dit-il, le monde est à moi. *Very well* !

*

* *

Dora arrive quelques heures après lui à Wiener Wald, un sanatorium universitaire merveilleusement situé, cossu, écrasant.

Elle s'avance dans la salle commune parmi des lits alignés, des malades au teint livide, aux joues creuses, qui toussent et crachent en un chœur funèbre. Elle cherche son Franz ; ne l'entend pas l'appeler, sa voix n'est plus qu'un murmure. Elle l'aperçoit, croit défaillir. Un visage décharné, des yeux brûlants de fièvre, des mains d'oiseau qu'elle embrasse avec frénésie pour y cacher sa détresse.

Elle ne cesse de répéter :

— Je ne te quitterai plus, mon doux aimé, je ne te quitterai plus.

Elle l'entend chuchoter à son oreille :

— C'est moi qui te quitterai.

Malgré les interventions insistantes de Franz Werfel, et celles répétées de Max, le professeur Hajek refuse d'attribuer une chambre privée à M. Kafka :

— Je ne vois rien d'autre en lui que le patient du lit 18.

Il lui prescrit contre la fièvre du pyramidon liquide, trois fois par jour ; contre la toux, du Demopon, inefficace, et de l'atropine. On lui donne à sucer des bonbons à l'anesthésine, on asperge avec de l'huile mentholée son larynx, tellement enflé que, lorsqu'il avale, Franz a l'impression d'avoir des éclats de verre fichés dans la gorge. Il ne peut plus manger.

Il a demandé à l'infirmière en lui montrant sa gorge :

— À quoi ça peut bien ressembler là-dedans ?

Elle a répondu franchement :

— À un chaudron de sorcière.

Malgré le traitement, la fièvre ne baisse pas au-dessous de 38,6. Le professeur Hajek a confirmé le diagnostic : tuberculose du larynx. Et de l'épiglotte.

Les poumons sont dans un tel état qu'il refuse bientôt de garder un malade qu'aucun spécialiste, affirme-t-il, ne peut secourir.

— Le seul adoucissement, conclut-il avant de tourner le dos, ne peut venir que de la morphine et du pantopon.

Les soins sont si affreusement chers que Franz, pour la première fois, demande à Max de proposer à un éditeur tout de suite (il souligne de deux traits tout de suite) ses dernières nouvelles.

— Il faut que *Joséphine*[1] me vienne en aide, lui écrit-il, il n'y a pas moyen de faire autrement.

Dora, à l'insu de Franz, ajoute quelques lignes sur cette carte postale : « Le professeur Hajek a jugé l'état de Franz très grave, nous

1. *Joséphine la cantatrice, ou le Peuple des souris*, l'une des dernières nouvelles rédigées durant le séjour à Berlin.

partons pour le sanatorium du Dr Hoffmann, à Kierling, près de Vienne. »

La veille du départ, à quelques pas de son lit, un homme est en train de mourir. Les médecins l'ont laissé se promener les jours précédents avec une pneumonie et 41 de fièvre. Franz l'entend agoniser. Un râle si fort que, par moments, il enfouit la tête dans ses oreillers, jusqu'à suffoquer.

Un curé et ses aides, au chevet du malade, récitent des prières, lui tiennent la main, lui parlent d'une voix réconfortante. Lorsqu'il entre dans le coma, ils lui administrent l'extrême-onction. Ils ne le quittent pas, alors que les médecins se sont éclipsés depuis longtemps, et dorment dans leur lit.

Le lendemain, Franz ne confie sa détresse qu'à Max : « J'ai déjà pleuré sans raison plusieurs fois aujourd'hui, mon voisin est mort cette nuit. »

*
*   *

Pour calmer sa peur, il ferme les yeux, laisse les images défiler devant lui. Un paysage noyé sous des trombes d'eau. Une route déserte. Au loin, une voiture. Elle approche lentement. La lumière des phares troue la nappe de brouillard. C'est une voiture découverte. Le chauffeur porte un manteau de pluie et une casquette en visière. Collé au volant, il scrute la route à travers de grosses lunettes d'aviateur. Derrière lui, une jeune fille échevelée et ruisselante est couchée en travers du véhicule, les bras en croix, une main agrippée à la portière, l'autre au siège du conducteur. On distingue mal son visage.

La voiture fait une embardée pour éviter un lapin venu se jeter contre les phares. Le corps de la jeune fille bascule vers la gauche. Apparaît le fiancé. Enveloppé de couvertures comme une momie de bandelettes, il gît allongé sur la banquette. Il est malade, on le devine incurable à sa triste mine.

C'est un film sentimental !

Il ouvre les yeux.

— La réalité, se dit-il, est tout autre. C'est une scène comique. Le genou de Dora me transperce l'estomac, mes pieds nagent dans une mare d'eau, et mon crachoir, c'est à crever de rire ! s'est vidé dans mon cou.

Au début de la matinée, en ce 20 avril, ils ont quitté le sanatorium du professeur Hajek. On a mis à leur disposition une voiture découverte, impossible d'en trouver une autre.

Le temps est à l'orage. À peine en route, des giboulées de grésil, accompagnées de vent et de coups de tonnerre, un fracas inouï, se succèdent entre de brèves accalmies. Couché à l'arrière du véhicule, Kafka pense peut-être à Beethoven et à Mahler, morts tous deux à l'heure où éclatait un orage. Sans doute semblable à celui-ci.

Durant le parcours, Dora se tient en équilibre au-dessus de lui. Il proteste :

— Assieds-toi, tu vas t'envoler.

— Ne parle pas, mon aimé, rien ne m'arrachera à toi.

Lors d'une éclaircie, elle entend Franz lui chuchoter :

— Les pneumatiques crissent sur l'asphalte comme le projecteur au cinématographe.

Le cinématographe le passionne. À Berlin, il a raconté à Dora ses films préférés, scène par scène, certaines avec leurs dialogues : *Lolotte*, il a pleuré, *L'Accident du dock*, il l'a trouvé trop triste, *Le Galant de garde*, *Le Gendarme altéré*, *Enfin seul*, l'ont infiniment amusé. *Esclaves de l'or*, à retenir de bout en bout, avait-il dit.

Pourtant, à Prague, même aux temps où il sortait tous les soirs, il a peu fréquenté les cinématographes.

— Pourquoi ? avait demandé Dora.

— Je m'identifiais trop à chacun des acteurs, lorsque quelqu'un souffrait ou mourait à l'écran, c'est moi que je voyais souffrir, ou mourir. Certaines images me poursuivaient jusqu'à l'obsession, mes insomnies redoublaient.

Il préférait les documentaires. Il se souvient des deux derniers, qu'il a vu un dimanche après-midi au *Lido-Bio*. L'un sur les réalisations des pionniers en Palestine, des déserts transformés en vergers, des villages pimpants, des écoles et des crèches modèles.

Le film suivant avait soulevé des salves d'applaudissements. Sur le stade de Carlsbad, évoluaient des athlètes juifs, splendides, grands, les épaules carrées, les hanches minces, les muscles étincelants. Ces demi-dieux s'entraînaient à la course, au saut, à la perche, au cheval d'arçon, aux anneaux, comme si leurs parents et leurs arrière-grands-parents avaient pratiqué ces sports toute leur vie. Comme si l'utopie sioniste et la renaissance du corps étaient liées.

Ce documentaire lui avait laissé une impression durable mais n'avait en rien affecté ses nuits.

Il a confié à Dora une autre de ses manies : lorsque, à Prague, il rentrait chez lui, le soir, en tramway, il se penchait le plus possible à l'extérieur du wagon, à deux doigts de perdre l'équilibre, et au vol, par fragments, il s'appliquait à lire l'affiche de chaque film, à détailler chaque photographie. Il ne s'en lassait jamais.

De retour à la maison, dans la salle de bains, il inventait devant ses sœurs des scènes de films comiques. Elles riaient, le suppliaient de continuer.

Il lui suffisait d'une phrase pour imaginer une longue histoire.

Par exemple ?

— La porte s'entrebâilla. Un revolver apparut au bout d'un bras tendu. »

Ou encore ?

— Deux enfants, seuls dans l'appartement, montent dans une grande malle, le couvercle retombe.

— C'était un après-midi de dimanche ; Anna vit par la porte vitrée la logeuse retrousser ses jupes.

— J'ai du mal à te suivre, avait dit Dora, les affiches, tu n'en manques aucune, tu t'en rassasies, tu en joues. Les films, tu les évites, tu en as peur ?

Il s'était mis à rire :

— Tu hoches la tête à la manière d'un rabbin hassidique !

*

* *

Il entre dans le sanatorium de Kierling au bras de Dora. Grâce aux recommandations émanant de plusieurs personnalités, il dispose, au deuxième étage, d'une jolie chambre exposée au sud, et qui donne sur un jardin.

Le mauvais temps persiste, nuages bas, pluies, vent froid, mais l'air est merveilleux, on a l'impression de respirer la santé ; la nourriture ne laisse rien à désirer et l'on permet à Dora de préparer des repas à sa guise. Ici, même règle que chez le professeur Hajek : elle passe toute la journée auprès de Franz, ne le quitte qu'à la nuit tombée. Elle loge dans une ferme proche.

Franz Werfel, reconnaissant, lui a envoyé son dernier livre, *Verdi, roman de l'Opéra,* et de belles roses. Ottla, des pivoines, les fleurs qu'il préfère. Dora a rapporté de sa ferme une branche de lilas à peine éclos. Franz s'enivre de leurs parfums, c'est le printemps qui entre dans sa chambre.

Il est très faible mais en de bonnes mains. Le traitement commence à faire son effet. On lui injecte une à deux fois par jour de l'alcool dans le larynx, c'est épouvantablement douloureux.

Au moment de l'injection, il demande à Dora de sortir de la chambre, refuse qu'elle assiste au supplice. Durant quelques heures, il est soulagé. Il recommence à avaler.

Deux jours après leur arrivée, ils voient débouler dans leur chambre, Robert Klopstock.

Il avait annoncé à Franz son intention de lui rendre visite au sanatorium du docteur Hajek. Franz avait eu toutes les peines du monde à l'en dissuader. Il l'avait sermonné : « Pas d'actes de violence, Robert, pas de voyage subit à Vienne, vous connaissez ma peur de la violence et continuellement vous recommencez ! »

De Berlin, de Prague, de Wiener Wald, Franz lui a envoyé ses bulletins de santé et le détail des traitements qu'il a subis. Robert sait exactement où en est le malade pour lequel il a décidé d'abandonner provisoirement ses études de médecine. Le voilà qui s'approche, haut comme une tour – serait-il possible qu'il ait encore grandi ? –, avec ses bonnes joues rouges, ses cheveux en bataille et son large sourire. Son sourire qui s'efface à la vue des changements intervenus depuis sa dernière visite à Prague, il y a, quoi ? Quelques semaines ?

Un visage, des bras décharnés, sous le drap un corps sans épaisseur et des yeux… des yeux enfoncés dans leurs orbites, que la douleur emplit de ténèbres.

Robert bafouille :

— Vous… que vous le vouliez ou non, je reste.

— Vous êtes fou, complètement fou, murmure Franz. Je ne suis pas Bismarck. Lui pouvait avoir son médecin personnel, pas moi !

Il est ravi. La présence de ce grand garçon, revêtu de sa blouse blanche comme d'une armure, la force qu'il dégage, le rassurent. C'est un bon médecin, il est agréable de s'en remettre à lui. Et puis, il soulagera Dora, l'obligera à sortir un peu. Le soir, il pourra la distraire, elle se fait tant de soucis.

Ils surnomment leur trio « la petite famille ». Robert et Dora s'ingénient à procurer à Franz d'infimes plaisirs : à chaque repas, ils lui servent un verre de Tokay, ou un vin de connaisseur, une chope de bière ; des fraises et des cerises que leur malade hume longuement avant de les manger.

Dora s'arrange pour ajouter un œuf ou un jus de viande à ses purées, elle n'a de cesse qu'il n'ait tout mangé. Des compotes, des jus de fruits, des bouteilles de vin s'alignent sur la table de chevet.

Il y a quelques moments de gaieté.

Franz a demandé à son cher bon Max de lui envoyer des livres et des revues. « L'état naturel de mes yeux, lui écrit-il, est d'être fermés, mais jouer avec des livres et des cahiers me rend heureux. »

Lorsqu'il était jeune, il buvait les catalogues des éditions Albert Langen jusqu'à la dernière ligne et il recommençait sans cesse, c'était une lecture inépuisable. Avide de livres, il ne tenait pas vraiment à les posséder ou à les lire. Il voulait les voir, les palper, se convaincre de leur existence. Il pouvait rester des heures cloué devant la vitrine des librairies Taubeles, et Taussig & Taussig, il ne s'en lassait pas.

Max arrive à Kierling le lundi 12 mai, après un voyage de vingt-quatre heures, et deux changements, l'un à Vienne, l'autre à Klosterneuburg.

Ce jour-là, les injections d'alcool ont épuisé Franz jusqu'à la syncope. Suivie d'une forte poussée de fièvre, et de quintes de toux interminables. Devant Max, dont il attendait la visite avec tant de joie, il n'a ni la force d'esquisser un sourire, ni celle de lui tendre la main. Quelques paroles, un murmure à peine audible :

— J'ai deux scies en travers de la gorge.

Max, le visage décomposé, fait peine à voir. Le trajet depuis Prague s'est déroulé sous le signe de la mort. Dora et Robert le poussent dans le couloir. Inconsolables, ils tentent de le consoler.

Quelques jours plus tard, le 20 mai, Franz remercie son ami du livre qu'il lui a fait parvenir et le prie de l'excuser d'avoir si lamentablement gâché sa visite.

« Adieu, merci pour tout. Amitiés à Felix et à Oskar. »

Ce sont les derniers mots, de sa dernière lettre à Max.

*

* *

Lorsque, sous l'effet du pantopon, il sombre dans le sommeil, des rêves, les mêmes rêves viennent le tourmenter. Son père, non pas l'homme vieillissant qu'il est aujourd'hui, mais le géant dans la force de l'âge, occupe la scène. À côté de lui, son fils, cinq, six ans, un paquet d'os, chétif, étroit, et qui bégaie en sa présence.

Un cauchemar a réveillé l'enfant, il crie. Sa mère accourt. Il se plaint : « J'ai soif. » De la cuisine, elle lui apporte un verre d'eau, l'embrasse : « Rendors-toi, mon fils. » Elle retourne dans le lit de son mari. L'enfant n'a plus sommeil. Peut-être pour irriter ses parents, peut-être pour se distraire, il pleurniche de nouveau : « J'ai encore soif. » Sa mère ne vient pas. Têtu, il pleurniche plus fort.

Soudain, il braille. Son père, monstrueux dans sa chemise de nuit blanche qui flotte autour de lui, son père dont la tête touche le plafond, se dresse devant lui : « Sale gosse. » Le père lève le bras. « Ne me frappe pas », hurle l'enfant. Une main l'empoigne par la peau du cou, le traîne devant la *pawlatsche*, le balcon intérieur, ouvre la porte-fenêtre. L'enfant sanglote, agite frénétiquement ses bras et ses jambes. « Sale morveux, crie le père, je t'écrabouille si tu continues à piailler. »

Il referme la fenêtre.

L'enfant reste sur le balcon, seul, la cour noire comme un puits le terrorise. Il attend, grelottant, que sa mère le délivre.

Elle ne vient pas.

Maintenant, un peu plus âgé, neuf, dix ans, il est à la piscine municipale. Son père a décidé de lui apprendre à nager. Les voilà enfermés dans une cabine étroite et sombre, le colosse emplit l'espace, un torse, des bras et des cuisses de gladiateur ; ses aisselles humides dégagent une odeur âcre, puissante, qui soulève le cœur de l'enfant.

Nus, ils s'avancent au soleil sur les planches qui craquent, l'un, le torse bombé, la tête haute, les jambes écartées, l'autre, une petite carcasse vacillante dont les yeux sont à la hauteur d'une queue lourde, épaisse, tumescente, parcourue d'un réseau sinueux de veines en saillie, des veines bleues translucides où l'enfant voit battre le sang. Deux couilles énormes, lisses comme des boules d'ivoire, frappent d'une cuisse à l'autre.

Des battoirs lui tendent une saucisse et une énorme chope de bière. Une voix de tonnerre lui ordonne de tout manger, de boire jusqu'à l'écume.

De ces rêves, il émerge épuisé, couvert de sueur.

— Mon père me poursuivra-t-il jusque dans ma tombe ? demande-t-il à Dora.

*

* *

Depuis son arrivée dans ce sanatorium, il écrit très peu de lettres, il n'en a ni la liberté, ni la force. Fin avril, quelques lignes enjouées à ses parents :

« Mon traitement consiste en de très jolis enveloppements et en inhalations. » Avec leur autorisation, il se permet d'être un correspondant paresseux. Il délègue à Dora et à Robert le soin de leur transmettre de ses nouvelles, de répondre au téléphone à la chère et belle Ottla, à Elli, à Valli, à Max, aux amis.

Robert ne cesse de leur vanter l'extraordinaire, l'inépuisable amour de Dora pour Franz. « C'est une source illimitée de dons », dit-il. Lorsque Ottla le remercie de rester au chevet de son frère, il s'exclame en son mauvais allemand : « C'est un réel privilège ! Quand il tourne ses yeux brillants et pleins de vie vers nous, moi jovial, heureux, merveilleux, magnificence de Dieu, ces deux, si bien ensemble ! »

Ottla est la seule des trois sœurs à pouvoir venir à Kierling. Elle n'y reste qu'un jour. Elle apporte à son frère l'édredon rouge qu'il lui a demandé. Il passe la journée entière dehors, sur sa véranda, et l'air a fraîchi.

Julie et Hermann Kafka écrivent ou téléphonent presque tous les jours. Lorsqu'ils annoncent à leur fils, par express, leur intention de venir le voir, Franz trouve la force de leur répondre sur-le-champ, tant il redoute leur visite.

C'est une longue et bonne lettre. Il évoque d'abord la joie qu'ils auraient à être paisiblement quelques jours ensemble dans une belle contrée, un verre de bière à la main, comme au temps où son père l'emmenait à l'École civile de natation. Puis, il leur démontre que, pour le moment, il ne vaut pas du tout la peine d'être vu, il insiste : « Je ne suis pas beau à voir. » Certes, il commence à sortir de tous ses affaiblissements avec l'aide de Dora et de Robert, une aide absolument impossible à imaginer de loin. Mais, ajoute-t-il : « La surprise de la laryngite tuberculeuse m'a plus affaibli qu'il ne lui revenait de le faire, et à mes maux habituels s'ajoute un catarrhe intestinal. Et je ne parle qu'en chuchotant. Trop de raisons plaident contre votre venue. »

Pour finir, il les rassure : « Le professeur a constaté une grande amélioration, tout s'annonce pour le mieux. Robert ne me quitte pas un instant, il ne pense de toutes ses forces qu'à moi au lieu de penser à ses examens. »

Et si cet avertissement ne suffisait pas ?

Et si sa mère décidait de faire seule le voyage, comme elle l'a laissé entendre ? Elle s'effondrerait à la vue de son fils, ce serait terrible et pour elle et pour lui.

Robert conjure Julie Kafka :

« Madame, chère Madame, vous pouvoir provoquer agitation fatale à votre fils. »

*
* *

— Y a-t-il une lettre de Bedzin ?

Franz pose la même question chaque matin. Ce silence qui se prolonge l'inquiète. Dora tente de le raisonner :

— Tu ne connais pas mon père. C'est un homme inflexible, il n'a jamais transigé avec la Loi. Tu t'es présenté à lui non comme un croyant mais comme un repenti. Et, n'oublie pas, moi, j'ai fui sa maison. Il ne me reconnaît plus comme sa fille.

— Mais tu es sa fille. Et moi, je lui ai exprimé mon violent désir d'avoir des ancêtres, une épouse, des descendants.

— Le Baal Shem Tov m'a enseigné que tout être humain est en contact direct avec Dieu. Il n'y a pas de soir, il n'y a pas de matin sans que je ne récite la prière que tu connais maintenant aussi bien que moi : « Sois loué, Éternel, notre Dieu et Dieu de l'univers, que tout nous soit donné de ta main sacrée. »

La réponse de Bedzin est arrivée. M. Herschel Diamant, comme chaque fois qu'il doit prendre une décision, est allé consulter le rabbin qu'il vénère, Mordechai Alter. Ce saint homme a lu la lettre du docteur Kafka, et n'a prononcé qu'un seul mot : « Non. »

Franz, le visage fermé, tend la lettre à Dora :

— Encore un naufrage. Mon ultime défaite.

— Mon très cher Franz, je suis déjà ton épouse, corps et âme. Nous ne pouvons être plus unis que nous ne le sommes. Moi, je n'ai nul besoin de la bénédiction paternelle. Tu es mon époux devant Dieu.

Dora ne lui a rien dit des pressions que le docteur Hoffmann, sa femme et le personnel hospitalier exercent sur elle. Chaque jour, ils la harcèlent :

— Vous devez vous marier. Vous devez vous conformer aux règles élémentaires de la morale, de la bienséance. Notre sanatorium ne peut plus tolérer votre honteuse conduite !

Un matin, alors que Franz est au plus mal, le docteur Hoffmann la convoque dans son bureau. Il lui présente le rabbin qu'il a fait venir de Vienne, lui montre les actes de mariage, déjà préparés, lui tend le châle de prières. Dora crie son indignation. En larmes, elle sort du bureau, leur claque la porte au nez.

Elle sait que Franz veut l'épouser pour que ses parents, son père surtout, l'acceptent comme leur belle-fille[1]. Et la soutiennent.

— Ils m'aiment déjà, dit-elle à Robert, j'en suis sûre, vous les avez entendus au téléphone, ils ne savent plus comment me remercier, me témoigner leur gratitude.

*

* *

Le 26 mai 1924, il écrit sa dernière lettre. À ses très chers parents. Six lignes. Il rectifie un malentendu : « Mon désir de boire de l'eau dans de grands verres et de manger des fruits n'est pas moindre que pour la bière ; mais, pour l'instant, je ne progresse que lentement. »

Jusqu'à sa mort, il a pensé que dans tout ce qu'il entreprenait, le piano, le violon, l'italien, l'anglais, l'hébreu, les études germaniques, l'antisionisme, le sionisme, la menuiserie, le jardinage, la littérature, les tentatives de mariage, il ne progressait que lentement. Son professeur, M. Beck, avait eu raison d'avertir son père : « Laissez-le donc en cinquième, avait-il dit, un excès de précipitation se paie chèrement. C'est un enfant lent. »

1. Grâce à Max Brod, Dora reçut les droits d'auteur allemands de Kafka, comme si elle en était l'épouse.

Il se dit, je n'ai achevé aucun de mes romans, j'ai abandonné plusieurs de mes nouvelles au milieu d'un mot.

Je ne laisse que des fragments.

Je n'ai mené à bien aucun de mes projets.

Il pense à « Billig », la collection de guides de voyage que Max et lui avaient imaginée un jour qu'ils erraient dans Montmartre, les poches vides. Un guide qui aurait remplacé l'ennuyeux Baedeker, et donné aux touristes les informations dont ils avaient vraiment besoin : les adresses bon marché des bistrots, des hôtels, des pâtisseries, des boutiques, des musées. Leurs premiers titres : Billig Paris, « Paris pour rien », et « La Suisse pour rien ».

Il se souvient qu'il avait sèchement demandé à Max de jeter aux oubliettes « Samuel et Jonathan », le roman qu'ils avaient commencé d'écrire ensemble, et auquel Max tenait tellement.

Je n'achève rien, même pas mes phrases qui...

*

* *

Il est presque aphone. Les médecins lui recommandent de cesser momentanément de parler. Il communique avec Dora et Robert par écrit. Il en fait d'abord un jeu, ne rédige qu'une partie de ce qu'il veut leur dire, à eux de deviner la suite. Il opine de la tête si c'est juste, ou fait non de la main.

Il se préoccupe des fleurs dont sa chambre est pleine :

« Regardez le lilas, plus frais que le matin », écrit-il à Robert[1].

« Montre-moi l'ancolie ; elle est de couleur trop vive pour être avec les autres. »

« L'aubépine est trop cachée, trop dans l'ombre. »

« Le lilas, c'est merveilleux, n'est-ce pas, il boit en mourant, il se saoule encore. »

« Avez-vous un instant ? Alors, s'il vous plaît, donnez un peu d'eau aux pivoines, elles sont si fragiles. »

« Un oiseau est entré dans la chambre. C'est pour cela qu'on aime les libellules. »

Plusieurs autres papiers concernent les boissons et la nourriture :

« Demande s'il y a de la bonne eau minérale, rien que par curiosité. »

« Ça n'existe pas qu'un mourant boive. »

« Pourquoi n'ai-je pas essayé la bière à l'hôpital ? Limonade tout était si infini. »

Lorsqu'il se sent bien, il évoque ses vacances en Italie, Venise, Riva, la Baltique. Souvent il accompagne ses quelques lignes de dessins, ou de cartes.

D'autres concernent ses parents, Dora et Robert.

« Mon père est content de recevoir des lettres express, mais ça le fâche aussi. »

« Si un homme voué à la mort peut rester en vie par bonheur, alors je resterai en vie. »

---

1. Robert a conservé les « paperoles » de Kafka. Celles qui lui sont adressées sont celles où Kafka le vouvoie. Les éditeurs n'en ont publié qu'une partie.

« Mets ta main sur mon front pour me donner du courage. »

« Il y a toujours des possibilités prêtes à fleurir. »

« L'anniversaire de Max est le 27 mai, ne l'oublie pas. »

« Combien de temps pourrai-je supporter que tu me supportes ? »

« Où est l'éternel printemps ? J'ai pensé à tous les miracles possibles, mais l'illusion n'a pas duré. »

Son dernier billet, écrit alors que le médecin quitte sa chambre :

« Voilà comment le secours repart, sans vous avoir secouru. »

*
* *

Ses douleurs à la gorge sont intolérables. Les injections d'alcool n'ont plus aucun effet. Seuls la morphine et le pantopon l'apaisent. Des accalmies de plus en plus brèves. Robert refuse d'en augmenter la dose, de peur que le cœur ne lâche.

*
* *

Aujourd'hui, il a cessé de s'alimenter, et de boire. Il préfère mourir de faim et de soif, une soif qui le rend fou, plutôt que d'avaler une gorgée d'eau, pas de quoi le désaltérer, et d'endurer une torture pire que la soif.

Dora lui humecte en permanence les lèvres, lui donne à respirer le parfum des fruits qu'il aime : des fraises, une tranche d'ananas. Elle répète tout bas comme une litanie, comme une prière, « Mon tendre », « Mon doux chéri », « Mon cher amour ».

*

* *

Elle est montée dans la chambre de Robert.

— Comment pouvez-vous vous reposer alors qu'il meurt de faim, qu'il meurt de soif depuis deux jours ? crie-t-elle.

De ses poings, elle lui martèle la poitrine :

— Faites quelque chose, je vous en supplie, je vous en supplie, ne l'abandonnez pas, vous êtes médecin, faites quelque chose…

Elle s'effondre contre l'épaule de Robert, ses nerfs lâchent, elle sanglote doucement, puis de plus en plus fort, comme si elle exhalait des flots d'indignation, d'incompréhension :

— Où est le Dieu de justice ? Où est le Dieu de compassion ?

Trop ému pour parler – et que lui dire ? –, Robert l'entoure de ses bras, lui caresse les cheveux jusqu'à ce que, exténuée, elle s'apaise. Il lui tend un verre d'eau dans lequel il a dissous un somnifère :

— Reposez-vous un instant ici. Je descends près de lui.

*

* *

Malgré la morphine, il n'a rien mangé depuis trois jours. Il a bu un peu d'eau. C'est alors qu'il reçoit les épreuves d'*Un artiste du jeûne*[1], recueil qui inclut trois autres récits, *Première souffrance, Une petite femme, Joséphine la cantatrice.*

Il les attendait impatiemment :

— C'est seulement maintenant qu'ils m'envoient le matériel !

Il commence aussitôt de lire ses textes, un crayon à la main. Très concentré, il avance dans sa lecture et n'en semble pas mécontent. Il termine un placard. Entreprend le second. Robert le surveille du coin de l'œil, en feignant de lire une revue médicale. Il voit tomber par terre le crayon et les épreuves. Il se lève pour les ramasser, s'arrête.

Kafka pleure.

Il n'est plus en état de poursuivre ses corrections. Il n'est plus en état de lire cette histoire, écrite il y a deux ans : Un jeune homme, enfermé dans une cage, jeûne sous les yeux d'un public enthousiaste et nombreux, mais qui se clairsème de jour en jour. L'artiste, il est obligé de jeûner, il ne peut pas faire autrement, jeûne quarante jours d'affilée et meurt dans l'indifférence générale. Un balayeur finit par débarrasser la cage de cette vermine mêlée à la paillasse. À la place, on fait entrer une jeune et splendide panthère, qu'on nourrit régulièrement. Les spectateurs se pressent autour de la cage, ne veulent plus du tout s'en aller.

---

1. Paru souvent sous un autre titre : *Un artiste de la faim.*

Le dernier jour : 3 juin 1924

Un bruit ? Un silence ? Quelque chose a dû la réveiller. Penchée vers lui, elle l'écoute respirer. Le souffle est-il trop court ? Irrégulier ? Elle n'ose allumer. Il a le sommeil si léger. Il s'est endormi vers minuit, détendu, calme. Malgré les conseils pressants de Robert : « Allez dormir, il le faut, vous ne tiendrez pas », une fois encore elle passe la nuit dans cette chambre. Clouée au chevet d'un squelette. Les mains qui reposent sur l'édredon rouge ne sont plus que des serres et, dans le visage de momie, transparaissent les os.

Elle craint de somnoler. Elle sort sur la véranda dont la porte reste toujours ouverte. La nuit est tiède. Des parfums montent des jardins environnants. Parfois lui parvient un souffle d'air chargé d'arômes des champs. Elle a tant de fois contemplé la campagne qui s'étend devant elle qu'elle devine dans l'obscurité ici le bouquet de mélèzes, là les maisons et le clocher, et le chemin sablonneux. Les sens en éveil, elle retourne s'asseoir à la tête du lit.

Vers quatre heures, un sifflement aigu la déchire, la terrorise. Elle saisit le téléphone.

Robert accourt. Il réveille aussitôt le médecin de service.

Il y a deux ans, un jour d'ennui, Kafka notait dans son *Journal* : « Il est indéniable qu'il y a un certain bonheur à pouvoir écrire tranquillement : l'asphyxie est une chose d'une inconcevable horreur. »

Cette inconcevable horreur, l'asphyxie, est à l'œuvre. L'air n'entre plus dans les poumons malgré le pneumothorax. Étendu sur son lit dont il a rejeté violemment les draps, la bouche grande ouverte, aucun cri n'en sort, aucun son, les yeux fous, exorbités, Kafka implore un souffle d'air, ses bras décharnés tendus vers le médecin. Dora, les mains pressées contre la bouche, gémit comme prise de douleurs au ventre. Elle s'avance, tombe au pied du lit, évanouie.

Peu avant midi, Robert la prie d'aller poster une lettre urgente, destinée aux parents de Franz. Elle refuse mollement :

— Je ne veux pas le quitter.

Robert insiste. Lasse de discuter, lasse d'espérer un miracle, elle obéit. Soulagée. Elle ne supporte plus d'assister impuissante à ce martyre, elle ne supporte plus de voir ce corps horriblement émacié, il n'y a plus de vivant en lui que ses yeux. Des yeux qui la conjurent de mettre fin à ses souffrances.

Robert Klopstock est le seul témoin de cette chose d'une inconcevable horreur. L'asphyxie. Il voit son ami, d'un geste brusque de la main, demander à l'infirmière de sortir de sa chambre ; il le voit arracher son pneumothorax, le lancer contre le mur, avec une force qui le stupéfie.

Il le voit suffoquer, il voit la gorge se tendre, s'offrir au sacrifice. Il entend son ami haleter, il l'entend lui dire :

— Vous me l'avez toujours promis. Vous me torturez, vous m'avez toujours torturé et vous persévérez ! Je mourrai quand même.

Robert sent ses jambes se dérober. Il se dit, j'ai vingt-cinq ans, je suis médecin, comment pourrais-je tuer l'homme que j'admire le plus au monde ? Que j'aime comme un père, un maître qui m'a tant donné, tant appris ? Mais puis-je prolonger le calvaire de son interminable agonie ?

Il prépare une seringue.

— Davantage, davantage, vous voyez bien que vos doses sont sans effet.

Robert ne répond pas, il pleure en silence. Soudain, il entend Franz crier :

— Tuez-moi, sinon vous êtes un assassin !

Maintenant, il délire. Il appelle sa sœur :

— Elli, ne t'approche pas si près de moi, oui, comme ça, c'est bien.

Robert ne le quitte pas des yeux ; il voit le visage se détendre, le corps s'apaiser, glisser dans le silence des ténèbres.

Dora revient de la poste, des fleurs à la main. Elle se penche vers le visage de son fiancé, lui embrasse la joue.

— Mon Franz, veux-tu sentir ces roses, leur délicieux parfum ?

Elle croit l'entendre respirer. Elle croit voir s'ouvrir son œil gauche. Elle serre doucement dans ses bras l'homme qu'elle a tant aimé.

Elle n'entend plus battre son cœur.

Franz Kafka s'est évadé.

Franz Kafka a été enterré à Prague, au cimetière juif de Strachnitz, le 11 juin 1924, à seize heures. Il faisait froid ce jour-là, le temps s'était assombri lorsqu'un cortège d'une centaine de personnes, les femmes en voiles noirs, les hommes en chapeaux hauts-de-forme, parvient autour du caveau. Alors que les rabbins entonnent le kaddish, et que descend le cercueil, Dora pousse un cri, échappe au bras de Max qui la soutient, et s'évanouit.

Hermann Kafka méprise les manifestations de ce genre. Il se détourne de Dora, étendue au sol, s'avance au bord de la tombe ; le premier, il jette une poignée de terre légère, mêlée de cailloux, sur le cercueil de son fils. Il s'efforce de ne pas regarder sa fille Ottla, figée, muette, les yeux vides tel un fantôme.

Max Brod raconte que, sur le chemin de retour, comme il passait devant l'Hôtel de Ville, il vit que l'horloge s'était arrêtée : les aiguilles marquaient quatre heures, précisément.

Huit jours plus tard, le 19 juin 1924, au cours d'un service religieux célébré à onze heures du matin dans un petit théâtre, et auquel plus de cinq cents personnes assistèrent, Max Brod et de nombreux écrivains prononcèrent discours et oraisons.

Un comédien, Hans Helmuth Koch, lut deux textes de Kafka : *Un rêve*, qui commence ainsi :

« Joseph K. rêvait. C'était une belle journée ; il allait se promener. Mais à peine avait-il fait deux pas qu'il se trouva dans le cimetière. »

Puis : *Un vieux parchemin*, qui se termine par ces mots :

« C'est à nous, ouvriers et paysans, que le salut de la patrie est confié ; mais nous ne sommes pas à la hauteur d'un tel devoir ; nous ne nous sommes d'ailleurs jamais vantés de l'être. C'est un malentendu et nous en périssons. »

Après 1924

Hermann et Julie Kafka

Hermann Kafka mourut en 1931 ; Julie, son épouse, en 1934. Ils reposent tous deux auprès de leur fils. Sur le modeste obélisque qui surmonte leur caveau, sont inscrits les trois noms et des versets en hébreu.

Elli, Valli et Ottla

Elli, son mari, Karl Hermann, et ses trois enfants, Felix, Gerti et Hanne ; Valli, son mari, Josef Pollak et sa fille Lotte, furent déportés à Lodz, en Pologne, où ils furent exterminés en 1944, avec le ghetto tout entier.

Ottla avait réussi à convaincre son mari, Joseph David, aryen, de divorcer afin de sauver leurs deux filles, Věra et Hélène Davidová. Peu après, Ottla se fit inscrire comme juive ; en août 1942, elle fut arrêtée et envoyée au camp de Theresienstadt, près de Prague ; l'année suivante, elle se porta volontaire pour escorter un convoi de 1 260 orphelins, qu'elle croyait en partance pour le Danemark ; arrivés à Auschwitz le 7 octobre, ils furent tous, le jour même, jetés dans les chambres à gaz. Le nom d'Ottla Kafka est le sixième sur la liste des suppliciés de ce jour-là.

Une plaque posée au pied du caveau familial commémore le souvenir d'Elli, Valli et Ottla, toutes trois victimes de la barbarie nazie.

Des sept nièces et neveux de Kafka, trois seulement survécurent, Vehra, Hélène et Marianne.

Marianne, la fille aînée de Valli, mariée à George Steiner, avait fui à Londres ; par une coïncidence extraordinaire, en 1948, elle rencontra Dora dans une agence immobilière londonienne, et la reconnut. Lorsqu'elle apprit que la situation financière de Dora était déplorable, elle lui offrit les droits d'auteur anglais de son oncle.

Felice Bauer

En 1931, cent-sept députés nazis siègent au Reichstag. Felice fuit alors Berlin et se réfugie en Suisse, avec son mari et ses deux enfants ; elle a rangé dans sa valise les centaines de lettres, et même les télégrammes que lui a adressés Franz ; rares sont les lettres qui manquent. Il y en a tellement qu'elles constituent peut-être un bagage à elles seules. À Genève, en relit-elle quelques-unes les soirs de nostalgie ? Ou se dit-elle que le passé est le passé, n'en parlons plus ?

En 1936, la situation des Juifs en Europe lui paraît si menacée qu'elle émigre aux États-Unis ;

mais avant de partir, elle loue un coffre et y enferme ses lettres. Cette femme d'affaires sait qu'elle détient là un bien de valeur ; elle n'a pas oublié que Max Brod conservait comme des reliques les moindres lignes de Franz. Elle joint à ses lettres celles que lui a confiées son amie, Grete Bloch, lors de son passage à Genève.

Ces lettres dorment près de vingt ans dans leur coffre. En 1955, Felice les « cède » (disent les notices) aux éditions Schocken Books de New York ; elles ne seront publiées qu'en 1967, soit sept ans après sa mort. Et quarante-trois ans après celle de Kafka. Comme tous les Juifs allemands, Felice connaissait l'éditeur Salmon Schocken, un philanthrope richissime qui avait créé à Berlin Schocken Verlag. Lorsqu'en 1933 Hitler obligea les écrivains juifs à n'être publiés que par des éditeurs juifs, Max Brod prit aussitôt contact avec Salmon Schocken : pour le décider à racheter aux éditeurs aryens les droits des livres de Kafka qu'il leur était désormais interdit de vendre, Max accorda à Schocken les droits mondiaux pour toute l'œuvre publiée. Et posthume. Voilà pourquoi Felice ne pouvait s'adresser qu'à ce seul éditeur.

Un mot sur cet étonnant personnage : Salmon Schocken, chassé par Hitler, émigre d'abord en Palestine, où il fonde une nouvelle maison d'édition et rachète le quotidien *Haaretz* ; lorsqu'en 1940 il décide de s'installer aux États-Unis, un pays à sa mesure, il confie Schocken House à son fils, Gustav ; animé d'une foi indestructible, Salmon crée Schocken Books dès son arrivée à New York. Sa première collaboratrice ? Hannah Arendt[1]. Une émigrée allemande.

Racheté en 1980 par les éditions Random House, Schocken Books fait aujourd'hui partie de Bertelsmann, un groupe allemand !

C'est sans doute à Erich Heller et Jürgen Born, qui en ont assuré la publication, que Felice proposa ses lettres, et celles de Grete dont elle était dépositaire. On peut imaginer la scène : une dame âgée, mais toujours vaillante, se présente devant ces deux hommes et déballe devant leurs yeux ébahis, éblouis, incrédules, les confessions, les secrets les plus intimes de l'auteur de *La Métamorphose*. On devine les émotions qui les traversent, leurs nuits fiévreuses passées à déchiffrer ces lettres, à les classer. Jour après jour, ils assistent à sa descente aux enfers, à ses tourments, à sa passion dévorante. Écrire pour avoir le droit de vivre.

En 1955, Kafka est traduit presque partout, célébré presque partout. Ils mesurent l'extrême intérêt de cette découverte. Ont-ils consulté Max Brod qui, à Tel-Aviv, détient encore des manuscrits et des lettres de son ami ?

Où sont les lettres que Felice a écrites à Franz, il y a près d'un siècle ? Ont-elles été brûlées ? Par Franz comme il le suggère dans une lettre à Robert Klopstock ? Y en aurait-il quelques-unes en Israël, dans les dossiers de Max Brod ?

---

1. À un journaliste qui lui demandait vers la fin de sa vie : « Quel livre emporteriez-vous dans une île déserte ? », Hannah Arendt répondit : « Mon passeport américain ».

Grete Bloch

Elle n'eut ni la sagesse, ni la chance de Felice. Contre l'avis de ses amis, elle se réfugia en Italie, où elle fut arrêtée et sans doute déportée. Elle avait confié à un avocat de Florence la seconde moitié des lettres de Kafka. À la fin de la guerre, cet avocat les remit à Max Brod qui les envoya aux éditions Schocken, à New York. La totalité, soit environ soixante-dix lettres, fut alors publiée. Nous n'avons aucune de celles que Grete a envoyées à Franz. Et qu'il avait refusé de lui rendre.

Julie Wohryzek

Des lettres, sans doute peu nombreuses, que Franz Kafka a adressées à Julie, aucune ne nous est parvenue. Nous ne savons rien des années qui suivent la rupture de ses fiançailles, rien de sa mort dans un asile psychiatrique.

Milena Jesenská

En 1924, l'année de la mort de Kafka, Milena divorce et se lie avec un comte autrichien, communiste ; en 1927, elle épouse un architecte de talent, Jaromir Krejcar, dont elle a une fille, Honza. Durant sa grossesse, atteinte de septicémie, Milena souffre de douleurs si intolérables qu'elle a recours à la morphine, et du mal à s'en désintoxiquer.

En 1936, séparée de son mari, elle se consacre à la politique. Communiste, elle est exclue du Parti pour avoir osé dénoncer les purges staliniennes. Lorsque Hitler envahit la Tchécoslovaquie, l'aryenne Milena arbore l'étoile jaune dans les rues de Prague. Cette étoile cousue sur son col, est-ce sa liaison avec Kafka qu'elle affiche désormais au grand jour ?

Engagée dans la Résistance, elle est arrêtée par la Gestapo en 1940 et envoyée à Ravensbrück, où elle meurt le 17 mai 1944. C'est dans ce camp qu'elle raconte sa vie et ses amours à Margarete Buber-Neumann qui, une fois libérée, rédige la biographie de la femme libre et rayonnante qu'elle admira tant, *Milena.* Un prénom à jamais lié à celui de Kafka.

Les *Lettres à Milena* ont été les premières à être publiées, bien avant les *Lettres à Felice*. Milena les avait confiées à l'éditeur Willy Haas, l'époux de son amie intime, Jarmila. L'édition de 1952, incomplète, a été corrigée en 1981 ; l'édition définitive a paru en 1983.

À la mort de Kafka, Milena fit paraître dans le journal praguois, *Národni listy*, une notice nécrologique :

« Avant-hier, le 3 juin 1924, est mort au sanatorium de Kierling, à côté de Vienne, le Dr Franz Kafka, un écrivain allemand qui vivait à Prague. Peu de gens le connaissaient ici, car il allait seul son chemin, effrayé par le monde. Sa maladie lui conférait une sensibilité confinant au miraculeux et un raffinement intellectuel sans compromis, jusqu'aux conséquences les plus terrifiantes. Il était timide, inquiet, doux et bon, mais les livres qu'il écrivait, les plus importants de toute la littérature allemande, sont cruels et doulo Il voyait le monde rempli de démons invi qui anéantissent l'homme sans défense. Il était trop lucide, trop sage pour pouvoir vivre, trop faible pour combattre, il était de ceux qui depuis toujours se savent impuissants, se soumettent et, ce faisant, couvrent de honte le vainqueur. Ses livres, pleins d'une ironie sèche, décrivent l'horreur de l'incompréhension, de la faute innocente. C'était un artiste qui entendait encore là où les sourds se croyaient en sécurité. »

Dora Diamant ou Dymant

Sa vie reflète les bouleversements historiques de son époque, et, plus encore, les tribulations des communistes et des Juifs communistes, victimes des persécutions hitlériennes, et staliniennes.

Après un court séjour en Pologne, Dora retourne à Berlin où elle suit des cours d'art dramatique. En 1929, elle adhère au parti communiste et rencontre un économiste marxiste, Lutz Lask, qu'elle épouse en 1932 ; peu après la naissance de leur fille, Marianne, Lask est arrêté par la Gestapo. Il s'évade, et se réfugie à Moscou, avec Dora et Marianne. Staline l'enferme dans un goulag sibérien dont il reviendra vingt ans plus tard, brisé, presque aveugle, mais toujours marxiste ! Il dut sa libération à l'extraordinaire ténacité de sa mère qui durant vingt ans écrivit à toutes les instances communistes soviétiques, et au président de l'Allemagne de l'Est.

Séparée de son mari qu'elle ne reverra jamais, Dora séjourne à Sébastopol et Yalta. En 1938, elle réussit, avec sa fille, à passer en Suisse, puis à La Haye, et de là, en Angleterre : « étrangère ennemie », elle est incarcérée à l'île de Man. Libérée en 1942, elle vit à Londres où elle exerce une multitude d'emplois (couturière, cuisinière, critique théâtral).

En 1950, invitée par le conseil municipal de Tel-Aviv, Dora part pour Israël, et y reste quatre mois, grâce aux droits d'auteur anglais de Kafka. Elle revoit Max Brod ; une fois de plus, elle regrette de ne pas lui avoir remis, il le lui avait pourtant demandé avec tant d'insistance, les manuscrits et les lettres de Franz qu'elle détenait. Elle avait obstinément refusé, fidèle à la promesse faite à son fiancé de brûler ses écrits.

En Israël, elle découvre que les nouveaux immigrants, rescapés de l'enfer, lisent Kafka différemment des Européens : ils puisent du réconfort et du courage dans son œuvre, qu'ils comprennent d'emblée et sans réserve.

Sur le chemin du retour, elle s'arrête à Paris, où elle rencontre Jean-Louis Barrault : il monte au théâtre Marigny *Le Procès*, adapté par André Gide. Elle fait également la connaissance de Marthe Robert, qui cherche à traduire en français le *Journal* de Kafka. Une vive amitié s'établit entre les deux femmes : Marthe Robert, à plusieurs reprises, se rendit chez Dora, à Londres, pour l'entendre parler de Kafka.

En proie aux souvenirs qui la hantent, Dora les transcrit au fil des émotions. Ces *Notes inédites de Dora Dymant sur Kafka* ont été éditées en 1952 par les éditions Évidences.

Marthe Robert fut l'une des rares personnes à assister à Londres, le 15 août 1952, à l'enterrement de Dora, morte à cinquante-trois ans dans le plus complet dénuement. Aujourd'hui, sur sa pierre tombale, on peut lire une phrase de Robert Klopstock : « *Who knows Dora, knows what love means* » (Qui a vu Dora, a vu le visage de l'amour).

Les trente-cinq lettres de Franz, « son trésor », vingt carnets de notes, et un grand nombre de feuillets lui avaient été arrachés par la Gestapo, venue perquisitionner son appartement. Dora ne se consola jamais de ne pas les avoir sauvés, en les remettant à Max.

À ce jour, malgré de très nombreuses recherches, aucun de ces textes n'a été retrouvé.

De Dora, nous avons ses lettres à Max Brod, et celles à Marthe Robert. Aucune adressée à Franz.

Max Brod

Il quitte Prague le 14 mars 1939, accompagné de sa femme, Else. Son train démarre cinq minutes avant que les troupes nazies ne ferment la frontière tchèque. Sioniste depuis sa jeunesse, il renonce à la chaire que lui propose une université américaine, par l'entremise de Thomas Mann. Il fait route vers la Palestine, et emporte dans ses bagages les manuscrits, les lettres, les carnets de notes, les treize cahiers bleus, les dessins, les gribouillis trouvés dans le bureau de Franz, et qu'il a rassemblés chez lui à la demande d'Hermann et Julie Kafka.

Installé à Tel-Aviv, le prolifique Max Brod (83 ouvrages) devient le conseiller littéraire du célèbre théâtre Habimah (fondé à Moscou en 1918 pour préserver la langue et la culture hébraïques).

Jusqu'à sa mort, le 20 décembre 1968, Max consacre ses forces à classer, un vrai casse-tête, les chapitres, les textes, les notes que Kafka a jetées pêle-mêle, commençant ses cahiers par les deux bouts.

C'est grâce à lui qu'ont été publiés *Le Procès* en 1925, *Le Château* en 1926, et *L'Amérique* en 1927. Et republiés par Salmon Schocken dans les années 30. En 1937, Max publie la biographie de son ami : *Franz Kafka*, le seul de ses livres qui ait résisté au temps : tel un satellite, il continue de graviter autour de « celui qui ouvre le chemin », leurs destins à jamais liés.

En 1948 (Kafka est déjà traduit en hébreu), Max reçoit le Prix Bialik, l'une des plus hautes distinctions littéraires en Israël.

Une ombre au tableau, annonciatrice d'orages : Max demande à Schocken de lui restituer les manuscrits des trois romans posthumes de Kafka ; l'éditeur refuse et, pour les mettre à l'abri des troubles qui ensanglantent le Moyen-Orient, il les enferme dans des coffres suisses. Une brouille entre les deux hommes s'ensuivit.

En 1960, entre en scène un nouveau personnage ; c'est un baron anglais, il est né, très loin de Prague et de Tel-Aviv, à Rajkot, une petite ville d'Inde. Sir Malcolm Pasley est nommé professeur de littérature allemande à l'université d'Oxford. Lorsqu'il aborde l'étude de Kafka, qu'il aime, dit-il, comme un jeune frère, Michael Steiner, l'un de ses étudiants, lui apprend qu'il est le petit-neveu de l'écrivain, et que sa mère, Marianne, vit à Londres. Où elle a noué des liens d'amitié avec Edwin et Willa Muir, les traducteurs anglais de son oncle. Or, Sir Pasley est persuadé que les remaniements opérés par Brod ont dénaturé l'œuvre. En 1961, avec l'autorisation des héritières de Kafka, Marianne, Vehra et Hélène, il obtient de ramener dans le coffre de sa voiture les deux tiers des manuscrits déposés en Suisse (dont les treize cahiers du *Journal*) ; cette expérience a été si traumatisante que Sir Pasley a senti, tout le long du trajet, ses cheveux se dresser sur sa tête. Il remet son trésor à la Bodleian Library de l'université d'Oxford, où ces manuscrits sont toujours sous bonne garde. Aidé d'éminents spécialistes (dont Jürgen Born) Pasley restaure les textes originaux, et leur ponctuation si particulière. L'édition anglaise du *Journal* est, aujourd'hui encore, plus complète que l'édition allemande.

Retournons vers Max Brod, dont on imagine l'irritation ; d'autant qu'il est l'objet de critiques de moins en moins timides : il n'a pas exécuté les volontés de son ami qui lui demandait de brûler son œuvre, il a opéré des coupes, il a changé l'ordre des chapitres, il aurait rédigé certaines parties, les reproches s'accumulent…

Max, qui n'a pas d'enfants, a légué à Esther Hoffe, sa secrétaire et sa maîtresse, les textes de Kafka en sa possession, en particulier *Le Procès* ; manuscrit qu'Esther vend en 1988 aux Archives de littérature allemande de Marbach[1], au cours d'enchères organisées par Sotheby's, pour la somme de 1,9 million de dollars ; lors d'une vente privée en Allemagne, elle a déjà vendu vingt-deux lettres et dix cartes postales de Kafka à Brod.

Lorsqu'elle meurt, en 2007, à l'âge de cent un ans, Esther Hoffe transmet son « bien » à ses deux filles, Eva et Ruth.

L'État israélien conteste ce testament et intente une action en justice aux deux héritières.

Commence alors le dernier procès de Kafka.

Ce procès, comme celui de Joseph K., mobilise des dizaines d'avocats.

Eva, septuagénaire et célibataire, continue d'habiter à Tel-Aviv le modeste appartement de sa mère, 23, rue Spinoza. Dès l'ouverture du procès, elle est harcelée nuit et jour par des journalistes venus de partout. Dans son deux-pièces obscur, des piles de dossiers montent du sol au plafond, et une centaine de chats miaulent et rôdent autour des manuscrits de Kafka, comme s'ils flairaient que celui qui a noirci ces pages avait en horreur leurs yeux froids et leurs griffes brûlantes ; ces bêtes répandent jusqu'au

1. Le fac-similé de ce manuscrit a été publié par Stroemfeld Verlag en 1998.

bout de la rue une odeur pestilentielle qui déclenche régulièrement des plaintes et des descentes de police.

À aucun des journalistes qui ont fait le siège devant sa porte, le doigt sur la sonnette, Eva n'a ouvert sa porte ; l'un d'eux, Elif Batuman, dans un article publié en juillet 2010 dans le *New York Times*, l'a comparée à la sentinelle postée devant la Loi (dans le chapitre IX du *Procès*) ; sentinelle qui, au cours des jours, des mois, des années, n'autorise personne à y pénétrer.

Eva et Ruth, comme K., perdent leur procès : les « papiers » de Kafka qui dormaient à Zurich et à Tel-Aviv sont désormais la propriété de l'État israélien. En juillet 2010, les dix coffres ont été ouverts. Qu'y a-t-on trouvé ? Le mystère n'a pas été levé car Eva et Ruth, en dépit de leur grand âge, ont fait appel. Le jugement a donc été suspendu. Le suspense continuera jusqu'au verdict final. Qui s'en étonnerait ?

Ernst Weiss

Chirurgien et écrivain de talent, il émigre en France au début de l'année 1933 ; le jour où Hitler fait son entrée dans Paris, il se tire une balle dans la tête.

Franz Werfel

Il devint le quatrième époux d'Alma Mahler (qui, à la mort du compositeur, s'était mariée avec Oskar Kokoschka, puis avec Walter Gropius). Auteur à succès, Werfel quitte Paris occupé ; avec un grand nombre d'artistes et d'écrivains, il réussit à gagner les États-Unis et s'installe en Californie. *Le Chant de Bernadette*, puis *Jacobowsky et le colonel* (adapté au cinéma) lui apportent la notoriété ; il meurt (juste après la capitulation de l'Allemagne) le 25 août 1945, à cinquante-six ans ; les amis d'Alma, Otto Klemperer, Igor Stravinsky, Otto Preminger, Bruno Walter, les fils de Thomas Mann, suivent son enterrement, alors qu'Alma reste confinée chez elle.

Postface
2014

Je me souviens que durant la première année que j'ai passée à Hillerød, une petite ville danoise non loin de Copenhague, j'habitais une grande maison au bord d'un lac où se reflétaient le château de Frederiksborg, son toit de cuivre vert et ses nombreuses tours. Du matin au soir j'écoutais, sans jamais m'en lasser, le seul microsillon que j'avais alors, *La quatrième symphonie* de Gustav Mahler. Je n'ai pas l'oreille musicale, mais aujourd'hui encore, – bien des années ont passé –, je reconnais Mahler dès la première mesure. Il me faut fréquenter longtemps une œuvre, avant de m'en imprégner.

J'écoute Franz Kafka depuis je ne sais combien de temps. *La lettre au père,* je l'ai lue et offerte maintes fois ; à plusieurs reprises, j'ai été l'entendre au théâtre. Lorsqu'il lisait ses textes, Franz Kafka, qui rêvait d'être acteur, s'échauffait jusqu'à la frénésie et déchaînait l'enthousiasme de ses amis, Max, Félix et Oskar.

Kafka est l'écrivain au monde sur lequel on a le plus écrit. Sur lequel on continue d'écrire tellement, que la littérature sur Kafka est devenue à son tour un sujet d'études, phénomène sans précédent dans l'histoire des lettres. On est passé du : « Quel est le sens de l'œuvre de Kafka ? » à : « Quel est le sens des œuvres sur l'œuvre de Kafka ? »

Curieusement, on dévore tout ce qui paraît sur cet auteur mais on ne lit pas, ou infiniment peu, ses livres. *Le Château* nous angoisse, *Le Procès* nous rappelle de mauvais souvenirs, *La Métamorphose*, qui faisait rire ses amis, nous arrache des larmes.

Pourquoi ai-je écrit un livre de plus sur cet écrivain ? Et comment l'idée m'en est-elle venue ?

Dans son *Kafka*, Pietro Citati raconte en trois lignes une merveilleuse anecdote que je ne connaissais pas, et que Kafka n'a jamais mentionnée : dans un parc de Berlin, un an avant sa mort, il croise une petite fille en pleurs, elle a perdu sa poupée. Durant des jours, j'ai pensé à cette rencontre, à la vingtaine de lettres que cet homme, déjà très malade, a écrites à cette enfant pour la consoler de sa perte. J'ai mis un temps fou à rédiger un conte, *Kafka et la poupée*. Et je me demandais : qui est cette Dora qui rapporte cette histoire ? Je ne connaissais alors qu'un seul des amours de Franz, Milena.

Un jour, j'ai reçu l'œuvre complète de Kafka, quatre volumes de La Pléiade, enrichis d'un appareil critique inestimable. J'ai lu et relu surtout *Le Journal*, *Les Lettres à Felice, Les Lettres à Milena, Les Lettres à sa famille et à ses amis*, ses nouvelles et ses fragments ; je me suis amusée à comparer des textes écrits le même jour à Felice, à Ottla, à Max, savourant la différence de tons, plaintif quand il s'adresse à sa première fiancée, tendre et enjoué s'il répond à sa sœur, ferme, précis, ironique, affectueux lorsqu'il demande un service à son ami. S'il relate à plusieurs personnes « ses nuits de souris », par exemple, il se livre à des exercices de styles, introduit des variantes dans le récit et dans le rythme ; le plaisir voluptueux qu'il prend à fixer ces instants de vie, ces images sur la pellicule de la mémoire, nous le ressentons. Physiquement.

La correspondance, plus riche encore et plus régulière que son *Journal*, déroule la vie quotidienne de Franz (oui, je l'appelle par son prénom), les heures, les jours, les années s'écoulent, un fleuve qui prend son temps, dessine des méandres, s'étale, s'égare, s'assèche, et soudain s'accélère jusqu'au scherzo.

Voilà la rue qu'il arpente d'un pas vif, son canotier sur la tête, voici le parc Chotek où il vient lire Kleist ou Strindberg à l'ombre d'un vieil arbre, et voilà son professeur d'hébreu qui s'avance à sa rencontre, portant, plié sous l'effort, un agrandisseur de photos ; et quand tombe le soir, Franz pousse la porte du théâtre yiddish, il est le premier à applaudir son ami Lôwy ; du regard, il parcourt la salle, note quelques lignes dans son petit carnet : « Des épaules qui cherchent à sortir d'une robe sans décolleté », « Un visage saupoudré de cendre ».

Maintenant, dans son bureau de la société d'assurances où il a tant à faire, il se plaint, avec un humour d'avant Charlot, « de toutes les jeunes filles qui, dans les fabriques de porcelaine, ne cessent de se jeter sur les escaliers avec des montagnes de vaisselle plein les bras ».

Je l'ai vu un soir pleurer au cinéma ; retrouver ses amis au café Arco ; dîner, l'air maussade, à la table de ses parents ; se brosser longuement les cheveux, un dimanche d'ennui. Je l'ai suivi dans chacun de ses voyages. Les toits et certains quartiers de Paris, je les vois non pas comme ils sont aujourd'hui, mais comme il les décrits dans ses *Notes de voyages*.

Nous n'avons aucune des lettres que Felice, Julie, Milena et Dora ont écrites à l'homme qui les a aimées et poursuivies comme peu de femmes l'ont été. Nous n'avons pas une ligne d'elles, à l'exception des huit lettres qu'adresse Milena à Max Brod. Mais Franz capture avec une telle intensité leur image, leur tendresse, leur agacement, leur exigence, leur besoin et leur peur, qu'elles entrent dans le film qu'il déroule sous nos yeux, et en sont les vedettes ; nous suivons leurs élans et leurs reculs, nous envions la passion qu'elles suscitent, nous les plaignons et nous leur en voulons, mais qu'aurais-je fait à leur place, face à un homme qui devient fou si on le prive d'écrire ?

À force d'écouter sa correspondance, le cardiogramme d'un cœur en train de se briser, il m'a semblé que la femme qu'il a le plus, ou le mieux aimée, ce n'est ni Milena, ni Dora. C'est sa plus jeune sœur, Ottla. Lorsque se déclare sa tuberculose, n'est-ce pas chez elle qu'il court se réfugier, à Zürau, où il passe huit mois, les plus paisibles de sa vie ? N'est-ce pas à elle qu'il écrit : « Je ne me sens jamais aussi bien que seul auprès de toi » ?

« Comment avez-vous travaillé ? », m'a demandé l'un de mes traducteurs.

J'ai commencé par écrire une pièce de théâtre. Une fois terminée, j'ai tourné en rond. J'avais fait fausse route. Et j'ai tout recommencé, lecture et écriture. Avec exactement le même sujet, les singulières amours de ce singulier personnage. Depuis le soir où il rencontre Felice jusqu'à son dernier jour, jusqu'à son dernier amour, Dora.

Sans m'en apercevoir, j'ai tenté de faire vivre les personnages, de les faire dialoguer, m'éloignant de plus en plus de la biographie traditionnelle. Je voulais voir Franz, je voulais l'entendre comme je l'avais vu et entendu tout au long de ses lettres, alerte, inquiet, attentif, généreux, insupportable, jaloux, exigeant, insomniaque, coupable de se sentir coupable. Et heureux de n'être que littérature.

Je n'ai pas écrit une biographie classique, et j'ai oublié de me demander quel était le genre de ce que j'écrivais. *Fiction or not fiction* ? Des instants de vie, peut-être ? Des clichés pris sur le vif ? À peine retouchés ?

J'ai terminé ce livre il a plus de deux ans, mais je continue à fréquenter la famille Kafka, elle ressemble tellement à la mienne ; nous n'habitions pas Prague, où je ne suis encore jamais allée, mais une petite ville de Tunisie ; ma mère, c'était Hermann Kafka en pire, mon père, Julie en moins bien, il ne m'a transmis que la peur qu'il avait de son épouse. Nous aussi, nous n'allions à la synagogue que le soir de kippour, et notre appartement, petit et surpeuplé, était encore plus bruyant que celui des Kafka.

Moi aussi, je vais presque tous les jours à la piscine, et il m'arrive de goûter aux douceurs de la maladie. Si j'ajoute que je m'appelle Khayat, vous comprendrez pourquoi je n'ai utilisé aucun des milliers de livres parus sur Franz Kafka. Je suis très loin d'avoir déchiffré son œuvre. Énigmatique pour les siècles des siècles.

*

*   *

En mai 2012, à Pékin pour la quatrième fois, je suis enfin allée voir la fameuse Grande Muraille de Chine. L'hôtel où je passai la nuit, *The Great Wall*, était splendide, face à une impressionnante chaîne de montagnes couvertes d'une forêt impénétrable. La muraille, sur des milliers de kilomètres, dévalait et escaladait des pentes vertigineuses, serpentait tout là-haut, dans les nuages. À l'horizon, pas le moindre vestige humain.

J'ai gravi un sentier raide et caillouteux pour toucher du pied et de la main cette construction incompréhensible et prodigieuse ; tout en marchant, je tentais de me souvenir de la nouvelle de Kafka *De la construction de la Muraille de Chine*. De retour à l'hôtel, je consultai mon ordinateur ; l'un des mails, très long et en français, était d'un certain Peter Mark, professeur à l'université de Wesleyan, non loin de New York. Il me disait que sa femme, française et professeur de littérature à Paris, lui avait envoyé mon livre. Il me disait surtout que le meilleur ami de son père, Henry Marasse, psychanalyste d'une extraordinaire culture, était... le fils de Felice Bauer ! Aujourd'hui encore je ressens l'émotion qui m'étreignit ce jour-là. Jamais Kafka ne m'avait paru plus proche, plus présent. Peter Mark me conseillait de rencontrer Henry, le plus tôt possible, sa santé déclinait rapidement.

Les jours suivants, il m'apprit que Henry Marasse avait aidé Felice à vendre les centaines de lettres qu'elle détenait, mais qu'il avait conservé quelques-unes des enveloppes et tous les livres que Kafka avait offerts et dédicacés à sa mère. Je pourrai donc les voir, les tenir dans la main.

Je n'eus qu'une envie, rencontrer le fils de Felice, entendre ce psychanalyste parler de sa mère et des souvenirs qu'elle avait gardés de son illustre fiancé. Alors que j'envisageais un voyage à New York, Peter (qui depuis est devenu un ami) m'annonçait, très affligé, la mort d'Henry Marasse. Il avait 91 ans.

Si je compte le nombre de personnes que l'homme de Prague a placées sur mon chemin, je me dis que les livres ressemblent aux gros moellons de la Muraille de Chine. Ils franchissent l'espace, emplissent les brèches, établissent des jonctions, défient l'imagination. Et nous protègent des Barbares.

Post-scriptum réservé
à mon éditrice
et à ses collaborateurs

Connaissez-vous cette lettre que Kafka envoie à son éditeur, Ernst Rowohlt, le 7 septembre 1912 ?

« J'accepte volontiers les conditions que vous vous voudrez me poser vous-même ; celles qui limiteront le plus vos risques auront ma préférence. »

Ou celle-ci du 25 septembre 1912 ?

« Comme le contrat ne mentionne pas la date de la publication – je n'attache du reste aucune importance à ce qu'il le fasse – je vous demanderai la gentillesse de me le faire savoir à l'occasion. »

Et enfin, avez-vous eu l'occasion d'adresser à l'un de vos auteurs les reproches, et les éloges vibrants qu'adresse Kurt Wolff à Kafka ?

« Aucun de nos auteurs ne s'adresse à nous si rarement que vous le faites avec des questions ou des vœux, et aucun d'entre eux ne manifeste autant d'indifférence pour le destin de ses publications. Mais rien ne pourrait ébranler un attachement aussi fort et aussi passionné que celui que j'éprouve envers vous et votre œuvre. »

10586

Composition
NORD COMPO

Achevé d'imprimer en Espagne
par BLACKPRINT CPI IBERICA
le 12 janvier 2014.

Dépôt légal janvier 2014.
EAN 9782290037850
OTP L21EPLN001122N001

ÉDITIONS J'AI LU
87, quai Panhard-et-Levassor, 75013 Paris

Diffusion France et étranger : Flammarion